"Una familia ideal"

MARCIAL LAFUENTE
ESTEFANÍA

Lady Valkyrie
Colección Oeste®

Lady Valkyrie, LLC
United States of America
Visit ladyvalkyrie.com

Published in the United States of America

Lady Valkyrie and its logo are trademarks
and/or registered trademarks of Lady Valkyrie LLC

Lady Valkyrie Colección Oeste is a trademark
and/or a registered trademark of Lady Valkyrie LLC

First published as a Lady Valkyrie Colección Oeste novel.

Design and this Edition © 2020 Lady Valkyrie LLC

ISBN 978-1619513228

Library of Congress Cataloguing in Publication Data available

Índice por Capítulos

Capítulo 1

El último pasajero en subir a la diligencia era un joven muy alto. Era la última plaza que quedaba para viajar ese día.

Se sentó en el único asiento que había, enfrente de una joven, quien tuvo que retirar un poco sus piernas para dejarle sitio.

El joven le pidió disculpas.

La muchacha, sonriendo contestó:

—No se preocupe. No me molesta. La verdad es que no pude sospechar que íbamos a viajar tantos en estas fechas.

—Eso mismo pensaba yo. Ha sido una sorpresa también para mí. Lo he comprendido al informarme que están muy próximas las fiestas en Denver.

—¡Es cierto! ¡No me acordaba! Lo había olvidado...

Y la joven que hablaba se echó a reír casi a

carcajadas.

—La verdad, hace ya bastante tiempo que falto de allí —añadió.

—¿Es que va a Denver?

—Sí. Soy de allí. Estuve hasta los catorce años. Llevo nueve fuera. Ya soy una vieja ¿verdad? —dijo riendo.

La miró muy risueño y con voz algo burlona, contestó:

—¡Veintitrés años! ¡Ya lo creo! Cuando tenga cinco más, ya verá.

Y los dos reían.

—¿Va usted a Denver también? —dijo ella.

—Sí.

—A las fiestas, no creo porque acaba de decir que se ha enterado hace poco.

—La verdad es que no iba a ningún sitio en especial, pero al informarme de las fiestas he decidido acercarme a presenciarlas. ¿Le molesta si abro la ventanilla? Me gusta mucho llenarme los ojos de luz y de horizonte.

La joven miró con atención a su acompañante de asiento.

—Comprendo que se sorprenda —añadió el viajero—. He estado cinco años preso.

—¿En la cárcel? —dijo ella extrañada.

—Sí —dijo él con naturalidad—. Todo lo que he visto en ese tiempo han sido paredes y un cuadro azul en lo alto. A veces, ese cuadro cambiaba de tonalidad, ¿comprende? Me refiero al firmamento... ¿Sabe usted cuántos días, horas, minutos y segundos tienen cinco años? ¡Qué lentas pasan allí las horas...! Y aunque no lo crea, han sido las últimas las más largas de todas. No me han descontado ni un minuto. He estado los cinco años completos. Decían que la culpa era de mi carácter... Mi falta de docilidad. ¡Si hubiera pesado sobre ellos una injusticia como la que pesaba sobre mí...! ¡Una injusticia no por error, sino con mala fe...! Fabricada hábilmente por granujas. Y lo curioso es que encima le debo estar agradecido al cobarde del juez. Deseaban colgarme, pero él no se atrevió a tanto, a pesar que estaba comprometido con los otros, al final decidió condenarme a cinco años.

Quedó silencioso, contemplando el árido paisaje que cruzaban.

Había estado hablando en voz baja, con el fin de que sólo la muchacha pudiera oír lo que decía.

Otro pasajero que iba en la parte opuesta, gritó:

—¡Esa ventanilla! ¿Quiere llenarnos los pulmones de tierra?

Se volvió para contemplar al que había gritado.

—¡No es culpa suya! —Dijo la joven, yendo en su ayuda—. Es que no me encuentro muy bien y le pedí que la abriera.

—No tiene por qué mentir... No me hace gracia que se tenga que mentir. Realmente ese hombre tiene razón. No puede comprender mis motivos... —dijo el muchacho.

Y terminando de decir esto, se levantó y cerró la ventanilla.

Después se volvió a sentar, e inclinando la cabeza deslizó el viejo sombrero hacia la frente y se dispuso a dormir.

La joven que iba frente a él le miraba con curiosidad y con cierta compasión... Estaba segura de que era sincero.

También ella intentó dormir. Intento que le resultó inútil, ya que la diligencia era muy incómoda.

Había muchos baches el suelo y los saltos que daba el coche eran demasiado bruscos, como para poder conciliar el sueño.

—No hay quien duerma en este trasto —dijo el joven, mirándola.

—Así es. No tendremos posibilidad de hacerlo.

Mientras tanto, los demás viajeros no hacían más que hablar de las fiestas de Denver y los ejercicios que tenía lugar allí, ya que eran muy comentados por todos los contornos.

Los dos jóvenes seguían ajenos a estas

conversaciones.

Después de un largo silencio entre ambos, la muchacha se atrevió a decir:

—¿Hace mucho que salió de la prisión?

—El mismo que llevo viajando... Me sacó el billete el mismo alcaide. No me querían por aquellos alrededores y esta distancia a Denver creo que era la máxima que se podían permitir pagarme. A mí me daba lo mismo una población que otra. Si es que encuentro un trabajo, me quedaré una temporada... Cuando tenga algo de dinero, iré a mi pueblo para reclamar lo que es mío. Quiero que se tranquilicen los que no van a poder dormir cuando se enteren que ya estoy en libertad.

Ella seguía mirándole con atención y le escuchaba sin dejar de dibujar en su boca una sonrisa de complacencia.

—¿Tiene familia? —le preguntó.

—¡Una familia ideal! —Respondió—. ¡Tengo padres y hermanos!

La joven quedó bastante desconcertada. Su compañero de asiento, lo había dicho en un tono muy extraño.

—¿Saben ellos que está usted ya en libertad? —volvió a preguntar la muchacha.

—Ya se enterarán por las autoridades de mi pueblo. Son los de la prisión los que se encargan de avisar cada vez que uno de nosotros queda en libertad.

—Estarán muy impaciente, si tarda en ir al pueblo...

—¡Lo que temerán es que lo haga! ¡No crea que me habrán echado de menos!

—No es posible que hable usted en serio...

—Cómo le acabo de decir, tengo una familia ideal. Es precisamente la que me metió en el problema... Aquellos traidores intentaron que me colgaran, de acuerdo con otros cobardes. Los que declararon que me creían capaz de hacer lo que decían y que esa noche no me habían visto en el rancho. Declaración falsa y que pudo conducirme a la cuerda, que era lo que ellos esperaban... Quien me salvó fue el juez, que a última hora, se asustó, ya que sabía que yo era inocente y supongo que conocía al verdadero autor del crimen del que me acusó. Asesinaron a un buen amigo mío, con el que discutía bastante, pero los dos nos estimábamos mucho. De nada sirvió que la hermana del muerto quisiera ir a declarar que no me creía culpable y que nunca admitiría que yo le hubiera dado muerte a su hermano. Ellos no dejaron que apareciera, porque hubiera sido un testimonio de mi inocencia. Tampoco dejaron declarar a varios testigos que me vieron en mi rancho a la hora que fue asesinado. ¡Todo esto se lo debo a mi familia!

—Pero eso es horroroso. ¡Su propia familia...!

—La realidad es que a pesar de llamarnos hermanos, no somos hermanos de sangre. Son hijos de la mujer con la que mi padre se casó al quedar viudo. El rancho es solo mío. Por eso surgieron todos los problemas. Han querido venderlo estando yo en prisión, pero no han podido hacerlo. Un buen amigo mío, me ha tenido al corriente de todo lo que pasa allí. Parece que el juez no se atrevió a hacerlo... De haber realizado la venta hubiera sido una estafa, ya que el rancho no les pertenece.

—Pero ¿es que ellos no sabían que era suyo...? —dijo la joven.

—Mi padre fue el primer sorprendido cuando se enteró. Creyó que como viudo de mi madre, le correspondía la mitad de la propiedad... Necesitaba que yo desapareciese para quedarse con todo. Por eso planearon el asesinato para que me colgasen a mí.

—Es mucho peor de lo que pensaba... —dijo la muchacha—. Es su propio padre el que ideó todo contra usted. Menos mal que no consiguieron lo que se proponían.

—Sólo tenerme cinco años lejos y manejar el rancho como han querido. Supongo que habrán vendido todo, y me habrán dejado media docena de reses, si es que llega a tanto la cifra. Quizás no hayan dejado nada.

—Después de saber su terrible historia está claro que no les gustará saber que ya ha sido puesto en libertad.

—De eso puede estar segura... Deben estar temerosos de mi llegada. Antes yo tenía fama de poca paciencia... Ellos lo sabían y pensarán que llegaré en cuanto me dejen en libertad. ¡Pero no pienso ir hasta que me tranquilice estando algún tiempo lejos de allí! Tengo que averiguar quién fue el asesino... ¡Ya tengo idea de quien fue! Mi padre fue el que lo planeo pero el que lo ejecutó fue otro.

—¿De dónde es usted? —preguntó ella.

—De Texas. Pero no me pregunte de dónde.

—No lo haré. No se preocupe, ya sé que no va a responderme.

—No me gustaría tener que mentir. Así que prefiero que no me pregunte.

—Esté tranquilo —dijo la joven—. Es curioso... Tenemos un problema muy parecido, aunque en mi caso la parte dramática no existe... Ya le he dicho que hace nueve años que falto de casa... Hace dos que murió mi padre. No pude acudir ni al entierro, porque estaba en cama con unas fiebres muy altas y también cerca de la muerte... Desde que me marché he estado con unos tíos. Para ellos es como si fuera una hija. Me mandaron a estudiar y lo he hecho con provecho, según afirmaron los profesores... El rancho lo ha estado llevando desde la muerte de mi padre un abogado amigo de él, que me enviaba los beneficios que aseguraba se obtenían del rancho... Al principio me mandaba poco, pero últimamente, no me manda nada. Mi tía enviudó... Estaba casi paralitica y como no quería que la dejara sola, no fui a Denver en todos estos años... Hace dos meses que murió mi tía. He puesto a la venta aquel rancho. Ahora voy dispuesta a aclarar todas las cosas... ¡Mis familiares y el abogado me están robando! Pienso arrastrarles a todos ellos.

El joven se echó a reír.

—No crea que lo digo de broma... Lo digo en serio. Han creído que por ser mujer, se podían reír de mí. ¡Mi abogado es un ladrón!

El joven la miraba sin dejar de reír.

La joven, siguió, diciendo:

—Ese abogado debe estar de acuerdo con mis parientes. Es un hermano de mi padre, al cual siempre estaba ayudando, hasta que ya se cansó de sacarle de apuros a él y al hijo. Ambos son unos granujas. Al hijo le di muchas palizas cuando éramos pequeños, pero me parece que voy a tener que seguir haciéndolo de mayor... No creo que ninguno de ellos haya cambiado. Eran unos cobardes. Parece que, entre el abogado y mis parientes, han preparado algo ridículo. Han estado pasando como si fuesen dueños junto conmigo de ese rancho... Pero el rancho pertenecía a la familia de mi madre, que me la dejó solo a mí. A mi padre le desheredó.

—¿Y cómo sabe todo eso?

—Me lo ha comunicado una amiga de la infancia, que es la que siempre me ha tenido al corriente de lo más importante que ha sucedido en la ciudad. ¿Sabe lo que se me está ocurriendo?

—No, si no me lo dice...

—Usted debe entender de ranchos, ya que me ha dicho que tiene uno. Y aunque haga cinco años que no trabaja, ¿se viene conmigo al rancho como capataz general?

—Pero...

—Así tendría trabajo... No volvería inmediatamente a su pueblo... De esa manera, se tranquilizaría y de paso me ayuda a mí. Puedo decir que estaba en el rancho de mis tíos y que le traigo conmigo para aclarar la situación. ¿Qué le parece?

—¿Le digo lo que me parece de verdad?

—Claro.

—¡Perfecto! Algo que nunca hubiese podido

esperar.

Los dos reían de buena gana.

—Eso indica que aceptas, ¿no es así? Tenemos que tratarnos con confianza para que crean de verdad que eres del rancho de mis tíos.

—Pero debes tener en cuenta que no soy más que un empleado...

—Siempre he tratado así a los que trabajaban en casa de mis tíos, si eran jóvenes. A los mayores les he tratado con respeto.

—Pues entonces de acuerdo. No creo que yo voy a discutir por eso. ¡Ah! me llamo Dean Ascher.

—Mi nombre es Liz Carter.

Hasta llegar a Denver, siguieron hablando de los planes que llevarían a cabo.

Dean confesó que durante su encierro había leído mucho.

—En realidad —añadió—, estos cinco años me han servido para aprender muchas cosas. Antes no sabía más que de asuntos ganaderos. He tenido un compañero que había sido abogado y él me ha ayudado mucho en mí afán por aprender. Lo primero que debes hacer cuando lleguemos a Denver es el testamento. Ten en cuenta que estarás en peligro. ¡No! ¡No te asustes! Pero es cierto que es un peligro tu vuelta, con esos parientes y sobre todo el sinvergüenza que tienes como abogado y administrador. Si mueres tú, todo queda para ellos.

Capítulo 2

La joven quedó pensativa. Dean preguntó:

—¿Qué te parece si visitamos a los rurales y les dices que les vas a nombrar a ellos tus herederos?

Liz le miraba con intriga.

—Esos no se dejarán engañar… —Dijo al fin la muchacha—. Tienes razón… Así lo vamos a hacer. Mi madre estaría contenta porque los rurales salvaron la vida de su padre, cuando le intentaron robar unos cuatreros.

—¿Tienes documentos personales?

—¡Claro que sí! Pero aparte de ello, me conoce media población y en especial los ganaderos… Aunque he cambiado mucho, no creo que sea tanto como para que no me reconozcan.

—Es preciso pensar en todos los inconvenientes.

—No te preocupes. Puedo demostrar sin lugar a dudas quién soy y que ese rancho es mío. Iré antes a ver a Sussan. Es la que nos va a informar de todo lo que sucede —explicó la muchacha.

—Debemos tener precaución. No deben enterarse en el rancho de que estás aquí hasta que estemos en él... Creo que lo mejor que podemos hacer es ver a los rurales, antes que a tu amiga.

—Muy bien. Vamos a verlos.

Los dos miraban en todas direcciones con mucha curiosidad. Acababan de apearse del vehículo.

—Quiero hacerte una advertencia... Creo que mi fortuna asciende a tres dólares. Es el dinero que me han dado. ¡Tengo muchas ganas de llegar a mi rancho y disfrutar de lo que me pertenece! —dijo Dean.

Liz pensaba que si los parientes de ese muchacho, y los que declararon en contra de él, le hubieran visto el rostro en esos momentos, no se quedarían mucho tiempo en su propiedad.

—Bueno... —dijo ella—. No te preocupes. Yo traigo dinero suficiente. Y debo tener bastante más en el banco de aquí. Pero antes de tocarlo podemos defendernos ambos por una buena temporada. Además te voy a anticipar una cantidad, por tu puesto de capataz, para que no pases apuros.

Dean admitió con naturalidad los doscientos dólares que la muchacha le extendió, y cogió las dos maletas que ella llevaba.

Él no tenía ningún equipaje. Sólo llevaba lo puesto, ya que al salir de la prisión no le habían devuelto ni las armas.

Liz recordaba varios hoteles. Entraron en el más cercano a la Posta.

La vieja encargada de la recepción, y dueña del establecimiento, les miró con mucha indiferencia.

Liz vestía con sencillez. No llamaba la atención su ropa, aunque sí su belleza, aunque para la vieja éste era un asunto que no le preocupaba.

Les pidió dos días de adelanto en el importe del hospedaje.

Dean pagó sin la menor protesta ni comentario.

Escribieron ambos sus nombres en el libro registro.

Llegaban tantos forasteros esos días a la ciudad, que no llamaban la atención.

Cada uno pasó a su respectiva habitación para asearse y cambiar de ropa, aunque esto solo lo hizo la muchacha, ya que Dean no tenía para hacerlo.

Cuando se reunieron de nuevo en el vestíbulo, dijo Dean:

—Me gustaría comprar unas armas.

—Y ropa —añadió ella—. Te hace falta.

Los dos se echaron a reír.

Estuvieron haciendo compras durante algo más de dos horas.

Volvieron al hotel, en donde Dean se cambió.

Media hora más tarde se dirigían hacia el fuerte, en donde informarían a los rurales de su vuelta y de lo que iban a hacer.

Después de saludar al mayor, le plantearon la cuestión que les llevaba hasta él.

Una hora después volvían, acompañados del mayor, a visitar al juez de Denver... Este miró al mayor, jefe de la división de los rurales, y a sus acompañantes, sorprendido.

Se levantó para saludar con afectada amistad al rural.

—Venimos para que haga inscribir un testamento que va a dictar esta joven.

—¡Pero si es Liz! —Exclamó el juez—. ¡Has cambiado mucho!

—Creo que ninguno de los dos ha cambiado lo suficiente —dijo ella con intención.

—Supongo que no vas a disponer del rancho Carter. No es tuyo solamente...

La muchacha se echó a reír y miró al mayor.

—¿Qué le había dicho?

—¡No te preocupes...! El juez va a tomar nota de lo que digamos. Firmaremos aquí el testamento que va a inscribir y después hablaré con él en nuestro fuerte.

El juez, muy nervioso, añadió:

—Bueno, yo sólo hablo por lo que he oído...

—Si tiene derecho o no a disponer de esa propiedad, ya se aclarará a su tiempo. No se preocupe... Se demostrará de manera muy clara, aunque para ello haya que arrastrar a algunos cobardes de esta población. Hace mucho tiempo que deseaba empezar a castigar a varios. Ha llegado la hora —añadió el rural.

El juez temblaba visiblemente.

—Yo no tengo nada que ver. Sólo he hecho ese comentario a instancias de lo que le he oído comentar al abogado Kelsey...

—No siga... Haga el favor de escribir lo que le voy a dictar y que tengo redactado en este papel —dijo el rural cortándole.

Llamó el juez a un ayudante, que escribió todo lo que le dictaba el mayor... Lo hacía directamente en el libro-registro del juzgado.

Una vez terminado, firmó el juez y el secretario, a instancias del mayor, y él mismo lo hizo como testigo, así como la muchacha y Dean.

—Y ahora me va a entregar a mí, una copia certificada de este testamento, así como la copia del testamento del abuelo de esta muchacha, que debe figurar en el registro de este juzgado —añadió el mayor.

—Me va a permitir una advertencia legal —dijo el juez.

—Le escucho...

—La muchacha tiene parientes y...

—La propiedad es de ella, por lo que dispone a capricho de la misma. Usted sabe bien que la herencia no procede del padre de la muchacha, que no tenía nada al casarme con la madre de ella. El rancho ha pasado directamente a nombre de la nieta y no de la hija, por lo cual el padre no tiene ninguna opción.

—No sé qué pensará el abogado Kelsey.

—Deme las dos certificaciones que ha pedido

—añadió el rural—. Tengo prisa.

El juez, muy nervioso, estuvo bastante tiempo en los libros-registro, y dijo:

—No encuentro ese testamento...

—Procure encontrarlo. Le diré, para su información, que hay una copia legalizada en el juzgado de Craig, pero el de aquí debe de aparecer, si no quiere que le cuelgue a usted mañana mismo. Le doy de plazo hasta entonces, para que aparezca. Es posible que ahora esté usted un poco nervioso.

Y dio media vuelta, seguido por los jóvenes.

Después que habían salido, dijo el secretario al juez:

—¡Ha sido una gran torpeza por tu parte hacer creer que sabíamos lo de los parientes! ¡Una tontería! Se han dado cuenta de que estamos metidos en todo el asunto... ¡Cuando se enteren que has hecho desaparecer la hoja del testamento en la que se hallaba ese registro te colgarán!

—No es cierto. Yo no lo he hecho. Cuando me hice cargo de este juzgado no estaba.

—No juegues con Hartigan. ¡Te colgará!

—Voy a hablar con Kelsey.

Y el juez salió, para dirigirse al despacho del abogado, que le recibió muy extrañado, ya que a esa hora y en su despacho no le había recibido nunca, por precauciones.

—¡Vengo asustado! —dijo el juez, sentándose.

—¿Qué sucede?

—¡Ha llegado la hija de Carter!

—¡No...! —Gritó el abogado, poniéndose en pie—. ¡No es posible! ¡No me ha avisado!

—¡Pues es verdad! Acaba de estar en el juzgado para hacer testamento a favor de los rurales... ¡Estoy muy asustado, porque el mayor me ha dicho que si mañana no aparece la inscripción de registro que hizo el abuelo de la muchacha, me va a colgar...! Voy a tener que decir que al hacerme cargo del juzgado ya no estaba.

—¡Vaya una fatalidad...! ¡Los rurales de

herederos! Y yo voy a tener que dar cuenta a la muchacha de todos estos años. ¿Por qué no me habrá avisado?

—Por lo que yo he visto, viene dispuesta a dar guerra, y con los rurales a su lado no dudes que la dará. No se puede jugar con ellos.

—Ya lo creo. No hay duda de que es una situación muy delicada. Tenemos que avisar a los Payne, que están en el rancho... ¿Qué voy a decir yo de todo el ganado que falta? ¡Y los rurales por medio! ¡No voy a tener más remedio que marcharme rápidamente de aquí! ¡No puedo devolver lo que he gastado!

En ese momento se abrió la puerta, y quedaron sorprendidos al ver al mayor Hartigan que entraba en el despacho.

—Ya veo que no ha tardado en venir a dar cuenta a su cómplice de lo que pasa —dijo el mayor sonriendo.

—No. He venido a informarle de la llegada de la hija de Carter. No sabía nada y él es el administrador.

—¿Y no le parece a usted que eso le corresponde a la muchacha? Creo que no debería desperdiciar aquí las horas, ya que las va a necesitar para buscar ese documento... ¡Debe buscarlo, ya que siempre cumplo mis promesas! En cuanto a usted abogado, me va a dar cuenta ahora mismo de la administración del rancho Carter... O mejor dicho, del rancho Craw, que es así cómo le llaman los que saben el verdadero nombre de esa propiedad, ya que sólo ustedes son los que le llaman así esperando que ese nombre dé alguna validez a su plan, pero de nada les va a servir. Craw es el nombre con que se bautizó a ese rancho hace muchos años. Y ése es el apellido de su propietaria, por parte de madre.

—Necesito algunas horas, mayor. No esperaba rendir cuentas con esta rapidez.

—Le advierto que va a estar muy vigilado hasta que lo haga, por lo que le aconsejo que no haga ninguna tontería. Si sale de la ciudad, dispararán sobre usted. Es mejor que no lo intente.

Esto era una amenaza muy directa. Sería una tontería intentar la fuga.

—Necesito hablar con Liz —dijo.

—Lo hará una vez tenga aclarada la administración de su propiedad... Procure no perder tiempo en otras cosas. Se juega mucho en ello, abogado —dijo el mayor.

—Hay que tener en cuenta que están en el rancho los parientes de Liz, los cuales me aseguraron que son tan propietarios como la muchacha... Parece que Hector entregó en su día a su hermano una fuerte suma a título de sociedad en el rancho.

El mayor reía abiertamente.

—¿Quién se ha inventado esa historia...? ¿Ellos o usted? No es nada sólida, pero sí lo será, la cuerda, que me temo que se está usted mismo poniendo al cuello... Pero además, y aunque estoy seguro que no es cierto lo que ha dicho, la joven no tendría nada que ver con ese préstamo.

—Cuando yo llegué al juzgado —dijo muy asustado el juez— ya no estaba la hoja de esa inscripción que me ha pedido. Es cierto que la eché de menos.

—¡Pues va a tener que buscarla...! —Dijo muy enfadado el mayor, que dirigiéndose al abogado, dijo—: ¡Esta noche vendré por esas cuentas!

Los dos amigos se dejaron caer en sus asientos al ver salir al mayor del despacho, a la vez que se limpiaban el sudor.

—¡Maldita Liz! —Exclamó el abogado—. ¡Si yo hablara con ella...!

Acto seguido cogiendo el sombrero se dirigió a la puerta, pero al ir a salir, dos rurales se le acercaron.

—Lo siento, abogado —dijo una de ellos—. Tenemos orden de no dejarle salir hasta que el mayor no nos diga que puede hacerlo. Por esta vez no disparamos, pero si hace un segundo intento, lo haremos.

—Necesito ir al rancho Cart... bueno... Craw,

para recoger unos datos y hablar con los que están allí.

—¡Entre en su despacho! ¡No me obligue a que le haga entrar yo a mi modo!

Al entrar de nuevo dentro, el miedo que el abogado tenía antes, se había convertido en verdadero pánico.

El juez salió con miedo, al saber lo que le había sucedido a Kelsey.

—No deje de buscar esa hoja del registro, honorable juez... —dijo uno de los rurales que estaban en la puerta—. Mañana no está tan lejos.

El miedo del juez aumentó a tal grado que se dirigió al fuerte de los rurales, pidiendo hablar con el mayor.

Este no se encontraba allí. Le dijeron que todavía estaba en compañía de Liz y Dean.

El juez decidió esperar, y al cabo de una hora llegó el mayor.

Al tenerle delante, muy asustado, le dijo:

—Mayor: no podré encontrar nunca esa inscripción, ya que la quitaron del libro y se la llevaron. Fue antes de que yo me hiciera cargo de esa plaza.

El mayor mandó llamar a su sargento y le pidió que facilitara al juez todo lo necesario para redactar una confesión.

El mayor le dijo:

—Haga una declaración muy detallada, honorable juez... Cuando haya terminado, me avisa —dijo al sargento.

Y dando media vuelta salió del despacho donde estaban.

El juez se daba perfectamente cuenta del problema en el que se había metido. Pero no podía hacer otra cosa. Escribió la declaración que quería el mayor.

Una vez terminada fue avisado el mayor, que leyó con detenimiento el escrito hecho por el juez.

—Sargento —dijo—, lleve al juez a un calabozo.

Telegrafíe a Craig y pida una copia del testamento del abuelo de miss Carter.

El juez pedía perdón llorando. Añadió que lo había hecho porque tenía mucho miedo del abogado y de los Payne.

El sargento le llevó a un calabozo.

El mayor fue reclamado por el abogado, mediante uno de los guardianes que éste le había apostado frente a su casa.

Acudió el mayor, no de buena gana. Una vez en el despacho de Kelsey, preguntó:

—¿Qué es lo que quiere de mí?

—Mayor, no tengo todos los datos que necesito. Es preciso que vaya al rancho.

—¿Cuánto calcula que le ha robado a esa muchacha?

—No tengo dinero. Prometo que lo devolveré. Hay bastante desorganización, pero no ha habido robo propiamente dicho... También es posible que haya permitido a los Payne que vendan algún ganado.

El mayor hizo llamar a los rurales que había en la puerta y les ordenó que llevaron al abogado a otro calabozo.

Este estaba completamente aterrorizado.

Como tenía que pasar delante del calabozo del juez, éste le gritó:

—¡Todo esto por hacerte caso! ¡Íbamos a ganar una fortuna! Iban a vender el rancho. ¿Y ahora qué...?

Los rurales reían entre ellos, al ver el terrible miedo reflejado en los rostros de los dos hombres.

Capítulo 3

En la ciudad estaban pendientes de las fiestas, y como lo de estas detenciones se hizo con discreción, no se informaron muchos, aunque el secretario del juzgado lo hizo saber, ya que él tuvo que hacerse cargo de todo.

Uno de los vaqueros del rancho, al informarse, montó a caballo y regresó.

Padre e hijo, al informarse, se miraron asustados.

—Debemos seguir con la historia del dinero que le di a mi hermano para poder ser socios en este rancho.

—No engañamos a nadie. Y mucho menos a los rurales. Saben perfectamente cómo andábamos de dinero y las veces que tu hermano tuvo que pagar tus deudas... Es mejor pedir a Liz que nos deje seguir aquí. Si han detenido a esos dos, debe ser porque habrán confesado que hemos robado. Les echaremos la culpa a ellos.

—Es posible que tengas razón. Aunque tal vez si vendiéramos alguna buena manada lejos de aquí, tendríamos dinero para escapar.

—Si saben que está aquí la muchacha y que los rurales intervienen, no nos va a ser posible sacar las reses de aquí.

—Las podemos vender a alguien de aquí a bajo precio.

—Nadie se atrevería a comprarlas.

—No sabes todavía lo que puede hacer la ambición. Si ven que pueden ganar mucho lo harán... No te quepa duda.

—De todos modos, sigo pensando que es mucho mejor intentar convencer a la prima. En caso de que nos dejara quedarnos aquí, iríamos sacando reses sin que se diera cuenta. Tenemos a Harol a nuestro lado.

—Ya sabes que ese venderá más reses por su cuenta que por la nuestra... Es lo que ha hecho hasta ahora.

—Eso no puede importarnos nada, cuando hay una ganadería tan abundante como ésta. Todos hemos salido ganando.

Acabaron por decidir qué visitarían a Liz, para pedirle que les permitiera seguir en el rancho y, desde luego, sin aludir para nada a deudas ni derechos a la propiedad.

Sabían que el juez estaba encerrado por hablar así. Y al abogado le detuvieron porque era el verdadero responsable de la administración del rancho.

Y con la pretensión de seguir en el rancho haciendo lo que quisieran, fueron en busca de la muchacha.

Esta, desarmada por la actitud humilde de sus parientes, accedió a que siguieran con ella en la vivienda principal.

Tuvieron el cinismo de asegurar que todo había sido obra del abogado y del juez, que estaban dominados por la ambición.

Esto fue lo que engañó a Liz.

Dean, que había presenciado la entrevista, permaneció silencioso.

Al marchar los parientes ella salió con ellos, pero Dean prefirió quedarse en el hotel.

Cuando se presentó el mayor, preguntando por la joven, Dean le dijo:

—¡Ha sido engañada por esos parientes…! Son unos perfectos sinvergüenzas aunque aquí han representado el papel de ser una familia ideal.

Y relató al mayor la forma en que se había desarrollado la entrevista.

—No hay duda que son astutos y hábiles —dijo el mayor.

—Sí… Parece ser que les ha asustado el encierro de los dos amigos, y han preferido actuar con habilidad, culpándoles a ellos dos de todo lo que ha estado pasando.

—No tenemos por qué preocuparnos. Los detenidos confesarán toda la verdad. Muy pronto sabremos que son los mayores culpables.

—Se echarán la culpa unos a otros porque los parientes lo negarán —dijo Dean.

El mayor, que parecía estar bastante molesto, dijo:

—Bueno… Si ella quiere que todo siga igual, ¿por qué lo vamos a impedir nosotros? Voy a dar una vuelta. Mañana dan comienzo las fiestas. ¡Creo que no he debido tomarme esto tan en serio, ya que Liz parece no estar muy decidida a hacer justicia con todos! No voy a poder seguir manteniendo a esos dos mucho tiempo en la celda, ya que al aceptar ella a los parientes en el rancho, pierde gravedad si le han robado o no… Y tú tampoco te preocupes mucho. Después de todo, creo que no le está mal que le roben en la forma que lo han estado haciendo.

—Eso creo yo —dijo Dean, riendo.

—¿Qué vas a hacer tú? Ahora estoy convencido

de que esos parientes convencerán a Liz para que siga estando el mismo capataz.

—Me da igual trabajar de vaquero que de capataz... Tengo una deuda contraída con ella y me gusta cumplir.

—Esperemos a que regrese.

—Cuando haya liquidado la deuda contraída con mi trabajo, regresaré a mi pueblo.

—Deberías pasar una temporada más por aquí, o donde sea, antes de volver allí.

—Debe estar tranquilo, mayor. Tarde más o menos, el resultado será el mismo. Tengo que castigar a los culpables. Y he de averiguar quién mató a mi amigo.

—Lamentablemente, nadie te va a devolver los cinco años que has estado encerrado. Es mejor que recuperes tu rancho, pero...

—Se lo agradezco pero no se esfuerce en razonamientos, mayor. Todo lo que usted va a decirme lo tengo yo pensado por miles de veces... Pero al final, siempre he llegado a la misma conclusión.

—¡No me digas que te has habituado a estar encerrado y lo echas de menos...!

—Cuando vuelva a estarlo, será con causa.

—Aún eres muy joven... Debes vivir la vida sin esos resentimientos que no te van a resolver nada.

Liz llegaba en ese momento contenta, pero el gesto del mayor hizo desaparecer la sonrisa de los labios de la muchacha.

—¿Es que pasa algo, mayor? —preguntó ella intrigada por el aspecto del rural.

—No. No sucede nada. ¿Tú estás contenta? Parece que tu familia te ha convencido.

—Me han suplicado que les deje en el rancho.

—A lo que tú has accedido para que puedan seguir llevándose más ganado, ahora con tu conformidad, ¿no es así? Y supongo que dejarán al mismo capataz que hay, porque te han asegurado que es de total confianza... Creo que no necesitas nuestra ayuda. Eres una muchacha inteligente que sabe lo que más le conviene.

Y el mayor se marchó sin despedirse.

Fue directamente al fuerte y ordenó que pusieran en libertad a los detenidos. Estos no creían que fuera verdad, y cuando se vieron en la calle se marcharon rápidamente a sus respectivos domicilios.

Como el mayor no hizo comentario alguno y no le habían visto, no sabían qué pensar.

Mientras, Dean se quedó mirando a Liz.

—Debes perdonarme, pero es verdad que he dicho a mi tío que puede seguir el mismo capataz que hasta ahora —dijo ella.

—No te preocupes por mí. Encontraré trabajo de vaquero y te devolveré el dinero que me has anticipado.

—Pero...

—Sabes que yo pensaba marcharme lo antes posible de aquí. Quizás decida participar en algún ejercicio, y con lo que consiga te pagaré.

Liz, que estaba disgustada consigo misma, se alejó de Dean. No sabía qué decir.

Sus parientes fueron al hotel a buscar su equipaje para que se marchara con ellos al rancho. Y así lo hicieron.

Una vez allí, mandó llamar a los viejos vaqueros que la habían mimado de pequeña, pero se disculparon, al saber que estaban los parientes con ella.

—¡Diré a Harol que les despida...!¡No vienen porque estamos nosotros! —Exclamó el tío, muy furioso.

Ella empezaba a pensar que había cometido una gran equivocación. Ahora los amigos le volvían la espalda.

Al día siguiente, y en uno de los establos de la ciudad, se encontraba Dover, que era ganadero y muy amigo del primo de la muchacha.

—Peter —dijo al de la cuadra—, setenta y cinco

dólares por ese caballo.

—Ya le he dicho que no es mío, mister Dover. Es de un forastero. Lo ha dejado hasta que pasen las fiestas.

—Ya te he respondido que me da lo mismo. Yo creo que lo que ofrezco por él es un buen precio.

—Lo siento, pero no puedo hacer nada. Tendrá usted que hablar con el dueño a ver si quiere vender.

—¿Para qué perder tiempo...? ¿Es que crees que no lo va a aceptar, por ese precio? Toma, aquí tienes los setenta y cinco dólares. Se los entregas y ya está.

—No. Lo siento. Pero no puedo hacerlo.

—Voy a mandar para que lleven este animal al rancho.

—No dejaré que lo saquen de aquí. Yo soy el responsable de este animal, y no voy a consentir que se lo lleven de aquí sin autorización de su dueño.

—¡Espero que no lo dirás en serio! No creo que te vayas a oponer...

—Sabe que pueden colgarme por cuatrero... No quiero bromas de esa índole con los rurales. Busque al dueño y trate de comprarlo.

—Pero ¿por qué voy a perder ese tiempo? Yo no trato de robarlo, sino de pagar por él, y muy bien, por cierto.

—Repito, que yo no tengo ninguna autoridad para hacer esa venta y no dejaré que se lleven el caballo si no aparece el dueño.

—No me gustan los tercos, Peter. Voy a mandar a los muchachos. Ya les conoces...

Y el ganadero salió del establo. Vestía con excesiva elegancia para vivir en el campo.

El encargado del establo, al marchar el ganadero, hizo lo mismo pero con dirección al fuerte. Habló con uno de los tenientes, explicándole lo sucedido con Dover.

—Enviaré a dos agentes para que te acompañen.

No te preocupes. ¿Pero sabes dónde está el dueño...? —Preguntó el teniente.

—No lo sé... Dejó el caballo y dijo que vendría a diario para dar una vuelta con el animal. Pero ese ganadero se ha encaprichado de él.

—Tendrá que hablar con el dueño, y si éste, quiere vender, no hay ningún problema. De lo contrario, el caballo no debe salir del establo.

—Es que tengo miedo al equipo de Dover. Son unos salvajes.

—No temas. Debes mantenerte firme. Ya verás como no insisten.

—Si les conociera como yo... El de la placa les permite hacer todas las barbaridades que se les ocurre, y como ustedes no pueden intervenir en la población, estoy totalmente indefenso ante ellos.

—Pues esta vez lo haremos, ya que se trata de robar un caballo.

—Es que él asegura que no lo roba. Paga por él setenta y cinco dólares, y es un buen precio.

—Eso estaría muy bien si el dueño quisiera venderlo.

El del establo, llamado Andrew regresó a su puesto sin que se le pasara el miedo que tenía a los hombres de Dover.

Por su parte, Dover, buscó a dos de sus vaqueros y les dijo:

—Vais a ir al establo de Andrew y le entregáis estos setenta y cinco dólares... Ese es el precio que he puesto a un caballo que he visto allí y me ha gustado mucho. No quiero que se oponga. Creo que es un buen precio, ¿no os parece?

—Yo diría que demasiado. Con la mitad se puede comprar un caballo muy bueno.

—De todas formas he dicho que daba esa cifra y es lo que pagaré.

—¿De quién es el caballo? —dijo uno de ellos—. ¿Es de Andrew?

—No. Es de un forastero, pero por ese dinero no le importará.

—¿Quiere decir, patrón, que no ha quedado de acuerdo con el dueño para hacer la compra del caballo?

—Ya os he dicho que no le importará después que se entere del dinero que pago.

—Usted sabe, como nosotros, que llevarse un caballo sin dueño por medio, es acto de cuatreros. Y aquí sí intervendrían los rurales.

—Vosotros no vais a robar un caballo. Vais a pagar setenta y cinco dólares por él.

—¿Lo vende el propietario?

—¿Y qué puede importarme eso a mí? —gritó Dover.

—Lo siento mucho, patrón. Yo así no voy por ese animal. No quiero que los rurales me arranquen la piel a latigazos.

—Pero... ¿qué os pasa...? ¿No soy yo quien envía por ese caballo...? Dices que te he dicho que he comprado ese animal y que vas por él.

—Andrew dirá la verdad. En esas condiciones no pienso ir a buscarlo.

—Veo que tienes miedo. No te preocupes. Irá éste.

—No, patrón, yo tampoco iré. Si el dueño de ese animal no está de acuerdo, no voy a cometer esa tontería.

—¡Vaya...! Así que os negáis... ¡Bien! Averiguad quién es el dueño de ese caballo y hablaré con él. Ya verás cómo vende.

Y los vaqueros se marcharon a preguntar a Andrew quién era y dónde estaba el dueño del discutido caballo.

—Es forastero.

—Eso ya lo sabemos. ¿Cuál es su caballo?

Andrew señaló el caballo.

—No hay duda de que tiene una hermosa planta. ¡Y vaya alzada...! No creo que haya en el rancho otro que se acerque a esta altura —afirmó uno de ellos.

—¿Dónde podremos hablar con el dueño?

Andrew, al oír esto, se tranquilizó.

—No lo sé. Cuando lo dejó aquí dijo que vendría a diario para dar una vuelta con el animal.

—¿No es conocido?

—No le he visto nunca, ya que de haberlo hecho me acordaría... No es un muchacho que se olvide fácilmente. Su estatura no es común. No me sorprende que tenga un caballo con esa alzada. Hacen una buena pareja y se les ve muy encariñados a los dos... Se han estado incluso despidiendo.

Los dos vaqueros se echaron a reír.

—Pues debes decirle, si le ves, que es una tontería que se oponga. El patrón se ha encaprichado con él, y ya sabes cómo es cuándo quiere algo.

—Si el dueño me autoriza, yo no tengo ningún inconveniente.

—¿Pasa algo? —preguntó un agente rural entrando en ese momento al establo.

—No... Estos que me estaban preguntando por el dueño de ese caballo. Su patrón quiere comprarlo.

—Decid a vuestro patrón que si el dueño no lo autoriza, el caballo no saldrá de aquí.

Los dos vaqueros buscaron a Dover para informarle de lo que pasaba.

—Eso ha sido cosa de Andrew, que ha ido a hablar con ellos. ¡Ese tonto estúpido! Se va a acordar de mí. Ahora, aunque tuviera que pagar doscientos dólares por ese animal no me importará. ¡Pero será mío...! Hay que averiguar quién es el propietario —dijo Dover, muy furioso.

—No hay más que esperar a que vaya a sacarlo de paseo —comentó uno de los dos enviados—. Andrew asegura que dijo que lo haría a diario.

Capítulo 4

Los dos vaqueros enviados por Dover se colocaron frente al establo. Pero los rurales que estaban ayudando a Andrew se les acercaron, haciendo que éstos se retiraran muy asustados.

Volvieron a reunirse con su patrón.

—No hay razón alguna para que no podáis estar allí —protestó, Dover.

—No queremos que los rurales se fijen demasiado en nosotros. Debe decir a Andrew que diga al dueño de ese caballo que usted desea hablar con él.

—Llevaré ese animal al rancho. Ya lo veréis. Me estoy cansando de tantos problemas.

—Hable primero con el dueño... No debe ser tan difícil encontrarlo, puesto que estará en algún hotel cercano al establo.

—Tienes razón —dijo Dover—. Estará cerca de

allí.

—Y además debe ser un hotel que no tenga ni establo ni cuadra.

—Encargaros de encontrarlo —dijo Dover.

Los vaqueros no tardaron en encontrar lo que buscaban.

—¿Cómo se llama? —preguntaron al del hotel.

—Peter Hofman. Es el nombre que ha puesto en el libro.

—¿Estás seguro que es el dueño del caballo al que me refiero?

—Tanto como seguro, no. Creo que es él por lo que me has dicho de la estatura y lo del caballo... Precisamente lo llevó al establo de Andrew por indicación mía.

—Entonces no hay duda. ¿Está ahora en el hotel?

—No. Debe estar en el Pato Salvaje. Le vi entrar desde aquí.

—¡Qué casualidad! Es allí donde nos espera el patrón —dijo uno de los vaqueros.

—Pues si no ha salido, entró allí hace un buen rato.

—¿Sabes a qué ha venido?

—Supongo que a lo mismo que otros centenares de forasteros. A las fiestas. ¿Sucede algo con él?

—No. Es que el patrón quiere comprarle el caballo.

—No creo que lo venda. Parecía muy encariñado con él.

—¡Bah...! Ya conoces al patrón... Si es necesario llegará a ofrecerle una fortuna por ese animal.

Se marcharon los vaqueros pertenecientes al equipo de Dover, para decir a éste que el propietario del caballo se encontraba también en el mismo saloon.

Al saberlo miró en torno suyo, tratando de encontrar a un hombre muy alto, que era lo que habían dicho tanto el del establo, como el del hotel.

Ninguno destacaba de los demás en la forma que habían indicado, por lo que llegó a la conclusión de que no estaba allí.

Preguntó a uno de los camareros por un muchacho de las señas que le habían dado.

La respuesta fue que no se había dado cuenta.

Pero como ya sabía dónde se hospedaba, iría a verle allí.

Sin embargo, pensando más en lo que le convenía hacer, decidió enviarle al hotel, los setenta y cinco dólares. Y una vez efectuado el pago, podrían ir a recoger al animal.

Había convertido un pasajero capricho en una cuestión de honor... Le disgustaba que Andrew hubiera ido a los rurales y que éstos le atendieran hasta el extremo de destacar dos agentes al establo para vigilar.

Estaba habituado a que sus caprichos se respetaran, y la actitud negativa de Andrew le había enfurecido.

Lo que más le ofendía y no lo podía tolerar, es que un simple peón de establo se había atrevido a enfrentarse a él, cuando no lo habían hecho las autoridades y otros personajes de mucha importancia.

Pensaba que en el momento en que hubiera resuelto el asunto del caballo, se iba a encargar de castigar a Andrew.

No podía quedar sin castigo el que se había atrevido a tanto.

Estaba pensando en todo esto, cuando se le acercó Payne.

—¡Hola, muchacho! —Dijo Dover—. ¿Dónde andas?

—¡Hola! He dicho a mi prima que mañana almorzarás con nosotros.

—Me han asegurado que es preciosa.

—Ya tendrás ocasión de comprobarlo.

—Pero mañana dan comienzo los ejercicios. Y no quisiera perder uno.

—Podemos estar por la mañana en la pradera y a la hora del almuerzo hacerlo juntos. Hay un restaurante muy bueno cerca de aquí.

—¡Eso es verdad! —exclamó Dover sonriendo—. ¿Qué tal se porta ella?

—Está muy suave con nosotros. Nos deja seguir en el rancho.

—¿Y Harol?

—Sigue de capataz. Hará lo que nosotros queramos.

—Ya no hablaréis de esa célebre deuda de su padre con el tuyo, ¿verdad?

—¡No! Es por la razón que el mayor detuvo al abogado y al juez.

—Pero ya están en la calle.

—Parece que se enfadó el mayor con mi prima. No quería que nos permitiera seguir en el rancho.

—Entonces no os fieis mucho. Puede llegar a convencer a la muchacha.

—No lo creo. Está muy enfadada con él.

—¿No decían que traía un capataz del rancho de sus tíos?

—No es más que un ex presidiario que conoció en la diligencia. Nos ha hablado de él, y por cómo lo hace, debe estar también muy enfadada con ese muchacho. No ha querido trabajar de vaquero en el rancho, y se le ha ocurrido, para devolver el dinero que mi prima le dejó, presentarse para ganar algún ejercicio.

—¿Es que piensa que aquí no sabemos de esas cosas?

Y los dos se reían de buena gana.

—Mi prima piensa quedarse aquí. ¡Ya verás qué revolución arma entre los jóvenes! Es una pena que sea una pariente tan cercana... —dijo Matt Payne.

—No te preocupes. Yo me encargaré de ella, si es que es tan bella como dices.

—Ya lo comprobarás mañana.

—Ahora —dijo Dover— lo que me preocupa es la adquisición de un caballo del que me he encaprichado.

Y le contó a Matt lo que sucedía.

—Has debido ordenar que llevaran ese animal al rancho y pagarlo después.

—Es que el terco de Andrew se ha opuesto a ello.

—¿Y has hecho caso a ese tonto?

—A ese tonto, no. A los rurales.

—No tienen por qué mezclarse.

—Sí porque es asunto de ganado, y en eso sí pueden intervenir.

—¿Cuánto piensas dar por él?

—Pues había querido dar setenta y cinco dólares, pero ahora estoy dispuesto a pagar hasta el doble, si es preciso.

—¿No te parece una locura?

—No lo sé. Pero tiene que ser mío, cueste lo que cueste.

—Tiene que ser muy buen ejemplar para que haya llamado tanto tu atención.

—Lo es. Me ha gustado su estampa. Es uno de los animales de más alzada que yo he visto, y eso que aún parece joven.

—Bueno... Yo regreso al rancho... No olvides que mañana te presentaré a mi prima. Vendremos a presenciar el primer ejercicio, ya que me ha dicho que tiene muchas ganas de verlos todos.

—Es lo que pasa con todas las personas novatas. Se entusiasman con lo que no tiene importancia, y permanecen indiferentes ante lo que es difícil.

Cuando se fue el amigo, Dover encargó a uno de sus muchachos que llevara los setenta y cinco dólares al hotel, para entregarlos al dueño del caballo.

Quedó pensativo mientras entregaba el dinero y exclamó:

—¡Un momento...! Se me ocurre algo que es importante... No quiero que los rurales tengan la menor duda. Voy a hablar con Norman para que te acompañe y que sea él quien haga un escrito de venta para que lo firme ese forastero y el de la placa, como testigo. Así los rurales no podrán decir nada.

Estaba seguro que el sheriff haría lo que él le indicara. Para algo le habían ayudado a conseguir la placa.

Se alegró al ver al sheriff que entraba con un amigo, evitando así tener que ir hasta su oficina.

Fue Norman el que se le acercó, diciendo:

—Me han dicho los rurales que pensaba llevarse un caballo del establo de Andrew.

—No he pensado robar. Pago setenta y cinco dólares por él.

—Pero sin consultar con el dueño, ¿no? Eso no se puede hacer. Es muy peligroso

—¿Es que no está bien pagado con esa cantidad?

—Eso sólo le concierne al propietario. El precio no es lo importante. Cuando un jinete se encariña con una montura no hay dinero que pueda comprarla...

—¡Vamos, Norman! Sabemos todos que setenta y cinco dólares no se han pagado nunca por un caballo, por lo menos por aquí.

—Pero le repito que eso sólo depende del dueño del mismo.

—Quería pedirte un favor... —Añadió Dover—. Voy a enviar al hotel en el que se hospeda el dueño a un hombre que le llevará esa cantidad, y me harías un gran favor si fueras con el mensajero, para que hagáis un escrito en el que firmes como testigo de la compra.

—¿Es que sabe que va a aceptar? —preguntó el que iba con el de la placa.

—No creo que pierda esta oportunidad.

—Si le acompaño en esta misión —dijo el de la placa— seré neutral. Y si el dueño se negara a vender, no se harán más intentos para conseguir ese animal, ¿de acuerdo?

Dover miraba sorprendido al de la estrella.

—Había creído que éramos amigos, Norman. Gracias. No hace falta que acompañes al vaquero. Lo resolveremos nosotros.

—Tenga en cuenta que los rurales están tras este asunto. ¿Sabe que hay dos agentes vigilando el establo? No se puede forzar a nadie a vender lo que le pertenece. Los rurales son capaces de acusarle de cuatrero.

—Me gustaría saber cómo puede demostrar el dueño de ese caballo que le pertenece. No tiene hierro. ¿No podría tratarse de un potranco que me desapareció hace más de un año? En ese tiempo ha podido acostumbrarse al jinete.

El de la placa, sonriendo, exclamó:

—No debe llevar hasta ese extremo el deseo de poseer ese animal... Podría ser muy peligroso.

Y el de la placa siguió con su amigo hasta colocarse en un rincón del mostrador.

Dover estaba más furioso que nunca. Había contado previamente con la ayuda de ese hombre, y resultaba que se había enfrentado abiertamente a él. «Te acordarás de mí! ¡No te preocupes!», dijo para sí.

Y salió malhumorado del local.

El vaquero, que tuvo que correr tras él para darle alcance, le preguntó:

—Patrón... ¿Qué es lo que vamos a hacer?

—Ahora no lo sé. Déjame que piense.

—No debe consentir que el sheriff le dé la espalda ahora, después de todo lo que ha hecho por él.

—¡Eso puedes tenerlo por seguro! Esto no se va a quedar así. Ya verás cómo le va a pesar lo que ha hecho.

—Debe estar muy asustado —dijo el vaquero—. Ha sabido que los rurales están tras este asunto.

—Lo que debemos hacer es ir cuanto antes por el caballo.

Y se dirigieron al establo.

Ya camino de él, Dover iba serenándose un poco.

Recordaba que en las inmediaciones del establo estaban los rurales y no le agradaba la idea de enfrentarse con ellos.

Pero su orgullo le impedía reconocer que estaba preocupado. Por eso siguió al lado del vaquero, sin decir palabra.

—No crea que no sé por lo que están ustedes aquí —dijo a uno de los agentes—. Pero están equivocados si piensan que lo que pretendo es robar el caballo.

—Ya sabemos sus intenciones —dijo el aludido—. No hace falta que nos las repita.

—Voy a pagar por ese animal una cantidad que no se ha hecho nunca por aquí. Estoy seguro que no habrá ningún problema con el propietario... Estará de acuerdo con el precio que voy a pagarle.

—Eso no debe decírnoslo a nosotros. Es al forastero, propietario de ese animal —dijo el otro agente, acercándose—. Y para que no haya ningún problema, le recomiendo que vea a ese muchacho, antes de intentar nada.

La mirada del agente resultó muy desagradable para Dover. Empezaba a ponerse muy nervioso.

Capítulo 5

—¿Me permite un consejo, muchacho? No sigas jugando, si no quieres perder todo lo que te queda.

Dean miró al que hablaba y que estaba tras él.

—¿Qué quieres decir? —exclamó.

—Solamente, que observo que estás muy nervioso y en esas condiciones no podrás ganar. Te vengo observando y me ha dado la impresión que no sólo juegas por jugar, sino que algo importante. Y posiblemente necesario para ti...

Un jugador, haciendo algo de burla, le dijo:

—¿Por qué no atiendes a «papi»...? Déjale a él defender el resto que te queda. Estoy seguro que sabe jugar tan bien, que no podrá perder.

Peter miró sonriente al que hablaba, y dijo:

—Si me deja defender ese resto, es posible que ganara lo que él parece que necesita.

—Confieso que yo no he sido un buen jugador

nunca —dijo Dean—. Y es cierto que estoy muy nervioso.

—Deja a «papi» —añadió el mismo jugador—. No creo que ninguno de éstos tenga inconveniente.

Todos respondieron que no les importaba.

Dean, que miraba a Peter, exclamó:

—Después de todo, no importa tanto que seas tú o yo el que pierda este resto. Puedes sentarte, y te deseo que tengas más suerte que yo.

—Aparte de la suerte, sobre todo en el póquer, hay factores muy decisivos... Uno de ellos es el corazón. A veces he ganado envites de importancia con naipes que hacían reír.

—¡Bueno! ¿No oís? ¡Se trata de un gran jugador! Tendremos de tener mucho cuidado con él. Suele ganar envites con jugadas flojas.

Los que estaban sentados a la mesa reían de buena gana. Les imitaron algunos de los curiosos que estaban alrededor de la misma.

—Supongo que no tendréis inconveniente en que aumente el resto, ¿verdad? —dijo Peter, sonriendo.

—¡Claro que no! —exclamó el mismo—. ¿Vas a aumentar en dos dólares?

La carcajada fue sonora. Todos los que estaban por allí no paraban de reír.

—¿Quiero igualar al mayor resto que haya ahora en la mesa? Me parece que es la tuya. ¿Cuánto es? ¿Alrededor de ciento sesenta?

Después de estas palabras, se hizo un gran silencio por parte de los curiosos que estaban allí.

—Una cosa así —replicó preocupado el jugador.

—Entonces aumentaré con doscientos este resto.

Y Peter colocó esta cantidad en el momento de sentarse, y a la vista de todos.

—Debes estar muy tranquilo, muchacho... Vamos a ganar para que obtengas lo que buscabas —decía Peter a Dean—. Mi manera de jugar les va a desconcertar a éstos. No hay reglas para mí.

Juego por corazonadas y siempre me han dado un buen resultado.

—¡Cuidado! —dijo el mismo jugador, muy burlón—. ¡Nos va a dejar sin restos! Es un enemigo muy peligroso. Juega por corazonadas.

Ahora sí, los jugadores y curiosos reían con escándalo.

Peter se encogió de hombros.

Dean le miraba sonriente. Estaba seguro que lo que trataba era de poner nerviosos a los demás y lo estaba consiguiendo.

Sin saber por qué, empezó a tener confianza en él.

Y se reanudó la partida.

A los diez minutos de estar sentado, se dio la primera jugada entre el burlón y Peter.

—Me da miedo pujar fuerte. Eres muchacho de corazonadas —decía el burlón.

—Eres dueño de hacer lo que quieras. Tienes la palabra. Espero que digas la cantidad.

—Bueno. En ese caso —y quedó pensativo—, ¡diez dólares más!

Peter, sonriendo, dijo:

—De acuerdo. Ya estamos metidos en cincuenta dólares como total. Que se vea todo.

Y Peter adelantó el resto al centro de la mesa.

El burlón dejó de reír. Al tiempo de echar el naipe sobre la mesa, exclamó:

—¿Es que me has tomado por un novato? ¡No soy tan fácil de cazar! Otra vez seré yo quien tenga la mejor jugada.

—Desde luego... No tengo la menor duda de que eres un buen jugador que conoce al enemigo. Así me vas a resultar difícil de vencer.

—Has puesto un rostro demasiado inocente, pero no he caído en la trampa... Tus ojos te han descubierto. Y el póquer tiene sus tácticas. Querías llevarte el resto.

—Fuiste tú quien provocó con el segundo envite de diez dólares... Tenía que defender los cincuenta que llevaba comprometidos en la jugada. Y si no has caído en lo que llamas trampa, es porque no hay duda de que sabes leer en el rostro.

Y puso los naipes boca arriba.

La exclamación de testigos y jugadores fue unánime... No tenía ni figuras, ni dobles parejas.

El jugador burlón estaba descompuesto.

—Si no llega a ser porque sabes jugar tan bien me habrías limpiado —dijo Peter con una fuerte risa.

Dean oyó comentarios de los curiosos que estaban a su lado.

—Les va a ganar todo lo que tengan. Es más peligroso de lo que ellos piensan. Ahora va a hacer con ellos lo que quiera, ya les ha desorientado bastante.

El burlón dejó de reír.

Al cabo de un rato se volvió a dar otra jugada entre ambos, aunque entraron otros dos en el envite.

—¡Veamos ahora tu corazonada! —exclamó el burlón—. ¡El resto!

—¿Te has quedado servido para demostrar a todos los curiosos que tú también tienes corazón...? Pero el corazón no se demuestra adelantando en resto, sino aceptando con jugada floja, como la mía —dijo Peter.

Cuando llegó el momento descubrieron los naipes, y otra murmuración de asombro volvió a sonar en las gargantas de los curiosos.

El burlón dejó caer los brazos a lo largo de la mesa. Había perdido el resto.

—Es peligroso frente a mí ese sistema que empleas —decía Peter—. Me di cuenta de que tratabas de demostrar que sabes hacer lo mismo, pero no has estado oportuno.

—Es mejor que te calles. Voy a poner mil dólares ahora. ¡A ver qué haces!

—¡Cuidado entonces! Es un consejo de «papi» —dijo Peter provocando risas—. Las jugadas a partir de ahora, van a tener mucha más importancia.

Debes aprender a dominar tus nervios. Para este juego, es imprescindible saber hacerlo. Creo que ahora, y hasta que te serenes, no deberías sacar más de cien.

—¡Juega y calla! —gritó enfadado el aludido.

—¿Qué te pasa? No me digas que has perdido el humor. Antes te reías de «papi».

—Si le haces el juego te va a romper los nervios —dijo el que estaba de acuerdo con el burlón—. No ha hecho otra cosa que intentar ponerte nervioso desde que se ha sentado y parece que lo está consiguiendo.

A partir de ese momento, los dos ventajistas recurrieron a cuantos trucos sabían, pero sin resultado positivo.

Cada vez que Peter se cruzaba en un envite, ganaba.

Una de las veces que el burlón volvió a adelantar su resto, dijo Peter:

—Fíjate si tengo corazonadas, que no acepto con un póquer de reinas. Sé que esta vez perdería.

Y puso boca arriba la jugada indicada.

—¡Y dice que es jugador! —exclamó riendo el burlón.

—¡Un momento! Te voy a demostrar que lo soy. ¡Mi resto y mil dólares más a que tu jugada es superior a ésta! —añadió Peter.

Los curiosos que escuchaban, se miraban asombrados.

—No tengo por qué mostrar mi jugada. Así no sabes cómo juego.

—Es demasiado tarde. Ya sé cómo lo haces.

El burlón recogió los veinte dólares que se habían cruzado, pero no mostró su jugada.

Los curiosos seguían comentando cerca de Dean.

—Era verdad que hubiera perdido. Está resultando demasiado difícil para esos otros. Otro jugador cualquiera habría perdido el resto.

Mientras se hacía la siguiente jugada, dijo el

burlón:

—No sé con qué jugada aceptas.

—Lo has visto muchas veces. Sin nada y con un modesto trío. Pero tú ya no adelantas tu resto, hasta no estar seguro. Sabes que soy peligroso y no quieres exponerte.

El burlón sonreía.

De nuevo se presentó una jugada que, iniciada en cuatro, terminó en duelo solo entre ambos.

Los dos salieron a un naipe.

Peter había visto el que quedaba arriba y que le correspondía a él.

Una vez servidos, Peter adelantó diez dólares más. El burlón, riendo esta vez, dijo:

—No vas a asustarme. Diez dólares y cien más.

—¡Vaya! Pareces muy seguro esta vez. Si no has adelantado el resto, es porque tratas de arrancarme cien dólares más. Tendrá que ser el resto. ¡Todo...! —Exclamó Peter.

Con una exclamación de feroz alegría, adelantó el dinero el burlón, y en el acto se puso a recogerlo todo, diciendo:

—¡Al fin te atrapé...! ¡Mira, un póquer de ases! —dijo enseñando la jugada.

—¡Un momento, amigo! —Dijo Peter dejando sus cartas sobre la mesa—. ¿Es que lo que tengo no es una escalera de color?

El burlón palideció intensamente.

—Pero... ¿Es que aquí no gana la escalera de color? —dijo Peter riendo.

Las exclamaciones de los curiosos atrajeron a la partida al dueño del local.

Los amigos le informaron de lo que estaba sucediendo.

—Déjame tres mil dólares —dijo el burlón al dueño.

Pero Peter, dijo:

—Yo ya no juego más... Ya hemos ganado suficiente. ¿Verdad, muchacho? —Dijo dirigiéndose a Dean—. Ya que he tenido suerte, no voy a pasar la noche jugando.

—¡No puedes levantarse! —gritó él burlón.

—Escucha un nuevo consejo de «papi»: deja las cosas como están. No quieras perder más de lo que ya has hecho.

—¡Vas a seguir jugando! ¡Te llevas más de dos mil dólares!

—Momento oportuno para dejarlo. Si hubiera sido al revés, y yo estaría perdiendo esa cantidad, no te importaría que me levantara... Yo lo hago cuando me parece. Y tú ganarás mucho más si dejas las cosas como están, porque me obligarás a matarte... Ganarás otro día lo perdido ahora, ya que tú lo puedes hacer con mucha facilidad. Sobre todo si ése te «da suerte», ¿no es así? Sois dos ventajistas novatos que pierden fácilmente la serenidad. Vuestros trucos ya no los usan en ninguna partida, ya que se consideran infantiles. Me he pasado el tiempo deshaciendo vuestras trampas, y si no os he matado antes era porque he querido ganaros sin hacer una sola trampa, que es lo que os ha puesto nerviosos... ¿A que estáis acostumbrados a ganar siempre? —Y mirando hacia el dueño del local, dijo—: ¿Te dan mucho por las ganancias? Porque supongo que eres el dueño del bar. Cuando este te ha pedido tres mil dólares, lo he supuesto.

—Óyeme, forastero. No creas que a mí se me puede hablar así y...

—¡No grites tanto! ¡Ya te han oído tus hombres! Sólo te he preguntado cuanto te dan de las ganancias estos ventajistas. No comprendo que no se hayan dado cuenta los demás de que les están robando.

Se interrumpió Peter, para disparar varias veces.

Los dos ventajistas cayeron muertos.

Peter, dijo:

—¡Ni eran buenos jugadores, ni buenos pistoleros! ¡No me has contestado! ¡Ellos ya no pueden hablar, pero tú aún puedes hacerlo!

El dueño miraba atónito a los ventajistas muertos delante de él.

—Yo no sabía que hicieran trampas...

—¡Pero cómo se puede ser tan cobarde y tan embustero...! —Exclamó Peter—. Sois vosotros, los dueños de estos antros, los que fomentáis las trampas y las ventajas, dando cobijo a estos indeseables. ¡Otro que se equivocó!

Y decía esto al tiempo que disparaba sobre uno de los barman.

—¿Cuánto te dan al terminar el día? ¡Habla!

—Sólo el treinta por ciento —dijo asustado el dueño.

Con un grito unánime, se lanzaron los vaqueros sobre él.

Otros dos que trataron de escapar, fueron linchados junto con el dueño del local.

Dean se puso al lado de Peter, con un Colt en cada mano por si había más empleados intentando traicionarle.

Una vez en el exterior, dijo:

—Si no llegas tú, me habrían dejado completamente «limpio».

—Querías reunir alguna cantidad, ¿verdad?

—Sí. Debo doscientos dólares.

Y mientras caminaban por las calles, sin rumbo fijo, explicó lo que había ocurrido desde que conociera a Liz en la diligencia.

Tampoco le ocultó su estancia en prisión durante los cinco años en que estuvo en ella, así como la injusticia de que había sido víctima.

—Bueno. Ya tienes para devolver a esa tonta su dinero. Pero sobre todo, para que no pases agobios hasta que decidas marchar.

—Ese dinero lo has ganado tú...

—La idea era conseguirlo como fuera. ¿Qué más da quien lo haya ganado?

—Yo sólo necesito los doscientos dólares para pagarle a la muchacha.

—Está bien. Lo que he ganado lo repartiremos —dijo Peter—. Y no discutamos más del tema.

—¡Eres mucho más terco que yo, y ya soy yo

bastante! —dijo riendo Dean—. Soy un tonto. La verdad es que sospechaba que hacían trampas, pero no podía asegurarlo... No soy muy experto en esto del juego.

—Desde que vi la partida me di cuenta de que eran dos granujas, por eso me atreví a decirte que me dejaras jugar a mí.

—Ha sido una terrible fatalidad tu presencia en el local... En cambio, para mí, ha sido una verdadera suerte. Le devolveré el dinero a esa joven, que me da mucha pena porque sus parientes la están engañando.

—No es culpa tuya, sino de ella. Dices que venía totalmente decidida a hacer salir a sus parientes, y yo me digo: cuando venía dispuesta a una cosa así, es porque debía estar enterada de que no son de fiar... Por lo tanto, no hay que tener lástima de quien tiene lo que busca... Además, después de las detenciones de esos granujas, se puso de acuerdo con sus parientes, dejando en mal lugar al mayor de los rurales. ¡Lo que se merece es que la dejen sin rancho, sin ganado y sin un centavo!

—¡Creo que es una buena muchacha...! Se ha dejado engañar por ellos, porque han sabido hablarle. El mayor se ha enfadado mucho.

—No me extraña. A mí me hubiera pasado lo mismo.

—Pues sigo pensando que es demasiado buena.

—Lo que yo creo, es que es tonta. No comprendo su postura. Y mucho menos cuando está enterada de todo.

—Menos mal que le aconsejé que hiciera testamento. Lo hizo a favor de los rurales.

—Eso será lo que le salve de momento la vida.

Mientras ellos paseaban, llegaba el sheriff al saloon, en el cual no era fácil entenderse a causa del bullicio que había.

Mandó sacar los cadáveres.

Una de las empleadas fue la que le dio cuenta exacta de lo que había sucedido.

—¿Quién es el que ha hecho las muertes?

—No le conozco... Es un muchacho muy alto y no hay duda que se dio cuenta de que esos dos estaban dispuestos a sorprenderle... También se dio cuenta de las trampas que le hacían.

—Lo que indica que debe ser más ventajistas que todos ellos.

—Yo no diría eso, sheriff —dijo la muchacha—. Todos aseguran que no hizo ni una sola trampa y por eso estaban enfadados los otros. El dueño confesó que a él le daban el treinta por ciento de las ganancias, con lo que provocó la estampida. Los dos forasteros no intervinieron en el linchamiento.

—Pero lo provocaron, que es lo mismo—dijo el de la placa.

—No estoy nada de acuerdo. La culpa la tuvo el jefe. La confesión de que estaban de acuerdo en el juego fue lo que les costó la vida.

—No me gusta que estando en fiestas se use el Colt.

—De no hacerlo, ese muchacho ya estaría muerto. Le aseguro, sheriff, que no va a gustar a nadie, si intenta molestar a esos muchachos.

—No te preocupes por mí. Haré lo que crea más conveniente. Dicen que disparó a una velocidad asombrosa. No quiero pistoleros en la ciudad.

—¿Durante las fiestas? Entonces, ¿quiénes ganarían los ejercicios de Colt?

El sheriff, al darse cuenta de la clara indirecta y no queriendo discutir más con aquella empleada, se marchó.

Había sido elegido sheriff, precisamente por los dueños de esos locales y por algunos ganaderos amigos de ellos, para que hiciera la «vista gorda» con los jugadores ventajistas que, durante las fiestas, ganaban buenas sumas de dinero.

Le asustó, sin embargo, los comentarios que oía en boca de los clientes.

Pero como debía justificarse ante los dueños de los locales que le habían elegido, iba a llamar la atención a Peter. Se dispuso a averiguar dónde estaba hospedado.

Pero al darle las referencias del joven, supuso en el acto que se trataba del dueño del caballo que Dover quería «comprar».

Sonreía, no obstante, al pensar qué diría Dover, al saber que ese muchacho disparaba con la seguridad y rapidez que aseguraban todos los que habían estado presentes en los acontecimientos de aquella partida.

Los hechos del saloon daban como protagonistas a dos forasteros. Se preguntaba si no habrían ido juntos, aunque llegando por separado, y tendrían planeado lo del juego.

Pero después de lo que le habían comentado, era difícil apostar por esa teoría.

Estuvo caminando mucho, intentando dominar sus nervios y tratando de serenarse, para poder pensar con calma lo que iba a hacer inmediatamente después.

Después de caminar durante más de una hora, decidió que iba a ir a su oficina, y que al día siguiente iría a llamar la atención a esos dos forasteros.

En realidad, lo que pensaba interiormente era que tenía que averiguar el ambiente que había en la ciudad, sobre todo en lo que hacía referencia al incidente que había sucedido en el saloon de Monty.

Y decidido se metió en su oficina, en la cual le estaban esperando algunos dueños de locales, con los cuales estaba de acuerdo.

—¿Te has enterado de lo ha ocurrido? —dijo uno adelantándose hacia él.

—Si te refieres a lo del local de Monty, sí. Vengo de allí.

—¡Pues nosotros hemos estado allí, y no estabas...! Llevamos más de treinta minutos esperándote. ¿Qué es lo que piensas hacer?

—No os preocupéis. Mañana iré a ver a ese forastero. Ahora no he podido localizarle.

Capítulo 6

Peter y Dean se hallaban comiendo en el comedor del hotel.

—Ahí entra Liz —dijo Dean al tiempo de levantarse para salir a saludar a la joven.

Esta lo hizo con afecto.

—Celebro verte —dijo Dean—. Te voy a devolver el dinero que me prestaste.

—Pero Dean, no digas eso...

—Sí. Anoche jugué con esa finalidad y aunque empecé perdiendo, un muchacho me ayudó a recuperarlo y pudo ganar más de lo que yo pretendía... Es el que está comiendo conmigo. Se hospeda en el mismo hotel.

—No me hacen falta esos dólares. Además, tú mereces esa cantidad por lo que he hecho contigo. Debería estar de capataz en el rancho, pero mis parientes...

—No debes enfadarte si me mezclo en tus asuntos, pero fuiste tú la que me hablaste de ellos. ¿Crees que haces bien?

—La verdad es que no estoy segura. He perdido la amistad del mayor y la de Sussan. No es posible que todos os equivoquéis, porque también tú estás contrariado... Es cierto que me compadecí de ellos, pero ahora estoy pensando si no habré cometido una terrible equivocación.

—Tus parientes estaban de acuerdo con el abogado y el juez, para hacer ver que son tan dueños como tú de lo que sólo te pertenece a ti. Y eso ya lo sabías tú, incluso antes de llegar aquí. Es lo que me contaste al conocernos.

—Sí. Creo que he sido una gran tonta. Y sigo teniendo de capataz a quien ha estado robándome durante mucho tiempo. Los vaqueros viejos que están desde la época de mis padres no han querido ir a saludarme, lo que indica que les he decepcionado mucho. Me lo ha dicho una de las mujeres que hay en el rancho... Esperaban que al llegar yo, se iban a marchar mis parientes y el capataz.

—Y lo que has hecho al llegar, ha sido entregarte a todos esos cuatreros y dejarles que sigan robando sin el menor peligro. Confieso que me has defraudado.

—Son muy cariñosos conmigo. Y he llegado a pensar si no estaremos equivocados con ellos. Pero al pensar en los demás, empiezo a estar segura de que he obrado mal y que es una torpeza lo que hago. Los rurales, mi amiga Sussan, esos viejos vaqueros que me mimaban de niña y tú, no es posible que estéis equivocados. He venido buscándote, para que me aconsejes y me ayudes, si es que no es demasiado tarde.

—¿Quieres comer con nosotros? Te presentaré a ese muchacho. Tengo para pagar gracias a él.

Liz llegó hasta la mesa en donde estaba Peter, que, correcto, se puso en pie para saludar a la joven.

Minutos después comían los tres y hablaban animadamente.

Liz invitó a Peter a pasar unos días en el rancho.

—Si los dos estáis allí me sentiré más tranquila. Es cierto que me dejé ablandar por la actitud de esos parientes. Y confieso que también me enfadé contigo. Pero ahora me doy cuenta que tenías razón —le dijo a Dean.

—Lo primero que debes hacer es cambiar de capataz —decía Peter—. Deja a Dean en ese puesto. Y que éste vea a esos vaqueros que no han querido saludarte. Serán los que te ayudarán a descubrir a los cuatreros y a evitar que sigan robando ganado.

Hablando, no se dieron cuenta de la proximidad del sheriff, que dijo:

—¿Sois vosotros los que anoche armaron jaleo en un local de esta población matando a algunas personas?

—Yo creo, sheriff, que la pregunta no es nada correcta. Ha debido preguntar si somos los que nos vimos obligados a matar a unos cobardes ventajistas, que de no haberlo hecho así, nos hubieran asesinado. Y la respuesta hubiera sido afirmativa... Yo fui quien anoche mató a unos cuantos cobardes.

El de la placa estaba muy inseguro de lo que iba a hacer y decir.

Se daba cuenta de que había cometido un error, al tratarles de antemano de traidores, sin haberles preguntado por lo que pasó.

También sabía que todos los comensales estaban pendientes de él.

—¿Pero no es cierto que ganaste bastante dinero...? —dijo al fin.

—Sí. Pero sin una sola trampa, sheriff. ¡Cuidado con los errores!

—Es que resulta extraño que siendo ellos ventajistas...

—También es extraño que siendo tú un cobarde te eligieran como sheriff... ¿Quién te pagó la elección? ¿Los dueños de esos locales, quizá? No has debido hacer caso a los que te hayan pedido que vengas a molestarme. Estás muy cerca de ingerir una dosis de plomo que no vas a poder digerir. Anda, abandona esa placa que se deshonra en este pecho y no me obligues a matarte, porque lo que más odio en esta vida es a los ventajistas y cobardes que se esconden tras una placa.

El sheriff no cometió el error de considerar que Peter hablaba por hablar... Se daba cuenta de que tenía delante de él a un tipo peligroso y seguro.

Y dando media vuelta salió del comedor.

Peter sabía que se había creado un enemigo peligroso, por lo cobarde que era.

Entre los comensales había un teniente de los rurales, que miró a Peter con mucha simpatía. Pero el que estaba con él, dijo:

—Ese muchacho tiene que estar loco para hablar así al sheriff.

—Pues yo creo que ha hecho muy bien. Le ha dicho grandes verdades.

—Pero seguir en Denver, después de haberle hablado en la forma que lo ha hecho, es estar completamente loco.

—¡Es un gran cobarde! Le eligieron los dueños de esos locales. No nos han engañado nunca. Solo que de momento, le henos dejado actuar.

—Pues yo en su lugar no estaría tranquilo de ahora en adelante.

—Es hora de que escuchara lo que piensan muchos de aquí.

—Insisto en que es una locura.

—Pues le he visto muy decidido a disparar sobre el sheriff.

—Por eso es más peligroso todavía. El de la placa se ha dado cuenta de ello.

—Le ha dicho lo justo y lo que estaba mereciendo hace tiempo.

—¿Quién son?

—Uno es el que llegó con la nieta de Craw.

Vinieron juntos en la diligencia. Parece ser que ha estado cinco años en prisión y dice que injustamente.

—Eso es lo que dicen todos.

—Sin embargo, al hablar de ello sin que se le preguntara, indica que debe ser cierto. Los ventajistas y asesinos de verdad ocultan que han sido encerrados.

—¿Y el otro?

—Un forastero de los muchos que acuden a las fiestas.

—Recuerda lo que te digo. Ese muchacho lo va a pasar muy mal con el sheriff.

Liz decía a Peter:

—No has debido hablarle así... Puede hacerte mucho daño. Después de todo, es una autoridad. Se ha marchado muy ofendido y asustado por lo que le has dicho ante tantos testigos. No hacía más que mirar a todas partes con la esperanza de que no estuvieran escuchando. Seguro que tratará de vengarse.

—Es muy posible que tenga que matarle al final —dijo Peter con naturalidad.

—No hay duda de que es un cobarde —dijo Dean.

—Ya lo sé. Pero precisamente es lo que esta clase de gente nunca quiere oír.

—Venía dispuesto a molestarme, para que sus amigos se tranquilizaran y ha estado muy cerca de morir. Me enfada mucho ver a un sheriff al servicio de los cobardes.

Los comensales comentaban lo sucedido y admiraban a Peter, por haberse atrevido a decirle lo que ellos no hubieran dicho, pero que pensaban ya hacía mucho tiempo.

El sheriff llegó a su oficina completamente furioso.

Se quitó el sombrero, que arrojó sobre una silla, y se puso a pasear, muy nervioso.

No tardaron en llegar dos amigos, que

informados de lo sucedido en el comedor, le dijeron:

—¡Has debido disparar sobre ese brabucón!

—¡Era él quien estaba dispuesto a hacerlo sobre mí! Me he dado cuenta de que es peligroso en extremo. Sabré vengarme. No creas que pienso dejarlo así.

—Es el dueño del caballo que desea Dover, y el animal no tiene hierro alguno. ¿Te das cuenta? Puede ser acusado de cuatrero y colgado sin juicio previo.

Los ojos del sheriff brillaron de satisfacción.

—Hay que encontrar un ganadero que se atreva a decir que le robaron ese caballo. Sin una acusación concreta no se puede hacer nada.

—Hablaremos con el juez para que la denuncia sea presentada ante él y que te dé la orden de detención del forastero.

—Pediré que me ayude un grupo de amigos a los que puedo nombrar comisarios míos para ese servicio, pero pondré como excusa los problemas que se suelen originan durante las fiestas.

Y los tres planearon la forma de actuar.

El sheriff estaba muy contento cuando los dos amigos salieron de la oficina.

Mientras estaban planeando la acusación a Peter, se presentó en el comedor del hotel un vaquero de Dover, para decir a Peter:

—Tengo setenta y cinco dólares, que mi patrón te ofrece por el caballo que tienes en el establo de Andrew... Supongo que considerarás demasiado la cantidad, pero mi patrón es espléndido.

Peter miraba sonriendo al vaquero.

—¿Y quién le ha dicho a tu patrón que ese caballo está en venta?

—Vamos... ¿Es que crees que vas a conseguir algún dólar más?

—No te molestes en ofrecer más dinero. Dile a tu patrón que ese caballo no está en venta. Aunque ofreciera mil dólares obtendría la misma respuesta.

—De todas formas, todos éstos son testigos de que paga por el caballo.

—Mira, muchacho, no estoy de muy buen humor. Es mejor que marches y me dejes tranquilo. Yo ya he dicho todo lo que tenía que decir.

—Voy a dejar el dinero sobre la mesa y éstos son testigos de que he pagado por ese caballo y que puedo llevármelo...

El que hablaba, aterrizó contra el suelo, tres yardas de donde estaba Peter.

El primer golpe propinado le destrozó la mandíbula. Momentos después fue levantado del suelo por Peter que, haciendo un mínimo esfuerzo, lo arrojó hacia la puerta de entrada del local, saliendo hasta el centro de la calle rodando por el suelo.

Cuando el vaquero pudo reaccionar, se levantó con una gran dificultad, llegó hasta su revólver y entró nuevamente en el local.

Cuando se disponía a apretar el gatillo, se oyó un disparo y el vaquero cayó al suelo de nuevo, esta vez con la frente destrozada.

Los clientes miraron hacia la puerta y se encontraron con que el caído ya llevaba un revólver empuñado, lo que justificó para ellos el actuar de Peter.

Uno de los comensales salió para informar al sheriff de lo ocurrido.

—Ya sabemos, sin ninguna duda, que es muy peligroso.

—¿Se dieron cuenta los testigos de que iba a ser traicionado?

—¡Pues claro! No podía estar más justificada su muerte, ya que entró con su arma ya empuñada cuando el otro estaba sentado y hablando...

—Pues en ese caso yo no podré hacer nada en contra de él —dijo el sheriff.

—No me cabe la menor duda de que es un pistolero. ¡Cómo dispara!

Ahora pensaba el sheriff que le iban a acusar de

cuatrero, y sería él quien iba a tener que detenerle.

Esto que acababan de decirle, unido a lo que ya sabía, le hicieron pensar si no sería un suicidio lo que intentaba.

Ahora estaba pensando en enviar a otros para que se encargaran de su detención, ya que él no podría hacerla en esas condiciones.

En ese momento, también Dover era informado de la muerte de su emisario.

—No creo que el capricho de un caballo valga la pena para que pierdan la vida dos personas. Creo que debería dejar el asunto, patrón —dijo el capataz.

—Tengo que conseguirlo, de lo contrario se estaría riendo de mí durante años.

—Y si no vende, como ya ha asegurado, no lo va a hacer ni ahora ni luego, y ya se han perdido vidas por este asunto.

—¡No pasará nada...! No podrá asegurar que hemos sido nosotros los que le hemos sacado del establo.

—¿Se olvida de Andrew y los rurales? Creo que hay que dejar el orgullo a un lado en este caso. Nos puede costar muy caro.

—¿Es que tienes miedo? ¡Yo no pienso renunciar ahora!

—Ya sabemos que no venderá aunque pague mil dólares. No creo que esté dispuesto a dar más por ese animal...

Dover sonreía ahora con cara maligna.

—¿Qué sucede cuando un forastero muere en una ciudad que no es la suya y que no le conoce nadie? ¿No se subastan sus propiedades?

El capataz, al oír estas palabras, se alejó de Dover. No quería seguir hablando más del tema. No le gustaba.

Dover, a su vez, se dirigió a un saloon donde siempre se comentaban los últimos acontecimientos de la ciudad.

—¡Oye! —Dijo acercándose al dueño del local—.

¿Ha regresado Mabury?

—Le estamos esperando. Tiene que estar aquí entre hoy y mañana.

—Le dices, cuando regrese, que quiero hablar con él. Que no tarde en verme. Es muy importante.

—Ya sabes que tiene miedo a ser reconocido.

—No sé por qué...

—Es que si le conocen los rurales será muy vigilado.

—No creo que tomar parte en los ejercicios sea para que le vigilen. En fiestas no le pueden hacer nada. No dejes de decirles que quiero verle.

—Vete tranquilo. Así lo haré.

Y Dover se dirigió a la pradera, para presenciar los primeros ejercicios que iban a llevarse a cabo.

Ya estaban preparados los muchachos de su equipo que iban a intervenir en el mismo.

Se estaba realizando el ejercicio de marcaje, tanto a pie como a caballo.

Entre los asistentes se encontraban Peter y Dean, que iban acompañando a Liz.

A la joven la estaban buscando sus parientes. Matt, al acercarse a Dover, le dijo:

—Quiero presentarte a mi prima. ¿Vienes conmigo? La estoy buscando.

—¿Es que no ha venido con vosotros...? Me han asegurado que la han visto con dos forasteros... Uno de ello es, al parecer, quien ha matado a mí vaquero por ir a ofrecerle setenta y cinco dólares por su caballo.

—¿Quién te lo ha dicho? ¿Estás seguro?

—Al menos eso comentaban por aquí...

—¡Malditos sean! Esta muchacha está loca... Seguro que el otro es ese presidiario maldito que conoció en la diligencia.

—Pues aseguran que el otro es muy peligroso.

—Acompáñame a ver si los veo.

—No. Prefiero que me presentes a tu prima en otra ocasión —dijo Dover.

—En ese caso, te invito a comer mañana con

nosotros en el rancho.

—Me parece bien. ¿Pero y los ejercicios de mañana?

—Están suspendidos por el entierro de los muertos. Mañana no hay ningún ejercicio.

—No lo sabía. Bueno, en ese caso, estupendo.

—¿Qué tal van tus muchachos?

—Aún no he podido hablar con ellos, pero tengo mucha confianza.

Se despidieron y Matt siguió buscando a Liz, a la cual encontró entre los curiosos. Y, como pudo, ya que todo eran empujones, fue acercándose a la muchacha, a la cual dijo, cuando estuvo relativamente cerca:

—¿Dónde te has metido? Llevo una hora buscándote, igual que mi padre.

—¡Ah! ¿Es que ocurre algo?

—Nada.

—Acércate. Quiero presentarte a estos dos buenos amigos míos.

Matt miró con indiferencia a los dos acompañantes de la muchacha.

—¡Ven conmigo! ¡Vamos a reunirnos con mi padre y amigos que quieren conocerte!

—Nos veremos después en el rancho. Ahora estoy con estos amigos.

—Pero, Liz...

—No insistas. Ya te he dicho que estoy con estos amigos... Díselo al tío. ¡Luego nos veremos!

Matt se sentía observados por los curiosos que se encontraban alrededor y se fue antes de que la muchacha volviera a negarse a ir con él.

Al retirarse, iba pensando en lo poco acertada que había estado la joven al rechazarle delante de todos los curiosos que estaban alrededor. Al encontrarse con su padre, le contó lo sucedido.

—Tienes razón... —Dijo Hector Payne, su padre—. Hay que separar a tu prima de ese presidiario... Diré al sheriff que le encierre hasta que se aclare si es que acabó su condena o se ha escapado.

Y quedaron en hablar con el sheriff, cuando éste terminara su intervención como miembro del jurado de los ejercicios del día.

Mientras, los tres jóvenes se marcharon al pueblo.

—¡Qué malos son todos los que intervinieron...! —Dijo Dean—. Aunque hace mucho tiempo, recuerdo que en mi pueblo se hacían cosas mejores.

—Tienes razón. De todas formas, creo que se ha hecho justicia. Los que han ganado son los menos malos de cuantos han intervenido.

—Voy a pedir que te dejen un caballo para que puedas venir al rancho —dijo Liz a Dean.

—Puedo alquilarlo.

—De acuerdo... Una vez en el rancho, coges uno que te guste. He visto que hay muy buenos. Y créeme que entiendo un poco de ellos —dijo la muchacha riendo—. Ellos me consideran una novata, pero se van a llevar una sorpresa conmigo.

—Iré por el mío —dijo Peter.

—¿El de la oferta de los setenta y cinco dólares? —preguntó ella.

—El mismo.

—Yo creo que ese precio es demasiado. Eso es lo que suele pagarse por un muy buen caballo por la tierra de mis tíos —dijo la muchacha.

Se dirigieron juntos hacia el establo de Andrew, que informó a Peter de lo que había ocurrido.

—Ya estoy enterado. Ya he matado a uno por ese motivo.

—Sería el enviado de Dover.

—No lo voy a vender, ni por eso ni por nada.

Los dos rurales que vigilaban saludaron a Peter.

—No es necesario que vigilen. El caballo no se lo pueden llevar. Él no lo consentiría.

Todos se rieron pensando que Peter exageraba.

Dean alquiló allí mismo un caballo para ir al rancho de Liz.

Recogieron el caballo de Liz, que lo había dejado

justo a la entrada de la ciudad, y se dirigieron hacia la propiedad de la muchacha.

—No hay duda de que es muy hermoso ese animal —dijo Liz.

Cuando llegaban al rancho, Harol, seguido por otros dos vaqueros, salieron de los comedores de la vivienda de los vaqueros.

—¿Quiénes serán esos dos que vienen con ella? —dijo uno de los vaqueros.

Capítulo 7

Harol, el capataz, se dirigió hacia la vivienda principal, ante la cual desmontaban los tres amigos.

—Ahí viene el capataz —dijo Liz—. ¡Le espera una buena sorpresa!

Dejaron los caballos amarrados a la puerta y, sin esperar la llegada de Harol, entraron dentro de la vivienda.

Esto para Harol era una gran humillación.

Al llegar al comedor, se encontraron a los parientes de Liz, que se sorprendieron por la presencia de los amigos de ella.

La joven, dijo:

—Creo que ya conocéis a mi primo. Este es mi tío Hector.

A continuación, señalando a los dos amigos, dijo:

—Estos son dos amigos míos.

Ninguno de los presentados tendió la mano. Se limitaron a cruzarse un saludo, que se notó muy forzado.

Liz, a la mujer que apareció en ese momento por la puerta, le dijo:

—Pon tres platos más a la mesa. Mis amigos se quedan a comer.

—Muy bien, Liz —dijo la aludida.

—¡Ah! Y que preparen dos habitaciones. Se van a quedar aquí.

—Pero, Liz... —dijo el tío.

—Dean se va a hacer cargo del rancho, como capataz general... Harol puede quedar a sus órdenes si le interesa.

—No sé qué te propones, pero lo que estás haciendo es un gran disparate. El capataz es Harol y ya se lo habías confirmado.

—¿Es que no puedo cambiar de opinión...? Repito que Dean se quedará de capataz general de este rancho, y que Harol puede quedar a sus órdenes si lo desea.

—No creo que acepte en estas condiciones.

—Ese ya no es problema nuestro, ¿verdad?

—Si no lo acepta, que se marche. No va a pasar nada si lo hace —dijo Dean.

—Él es muy competente. Conoce muy bien el rancho y a todos los vaqueros, cosa que no se puede decir de usted.

—No se preocupe mucho. Yo también les conoceré —añadió Dean.

—Pero... ¿Es el que vino en la diligencia contigo? —preguntó Matt.

—Así es. —Contestó Dean—. El que estuvo cinco años en prisión. ¿No era eso lo que iba a decir?

—No debes enfadarte, pero tienes que comprender que eres un desconocido y en esas circunstancias...

—Sí... Tienes mucha razón. Pero yo no he robado una sola res en mi vida. ¿Podrían decir ustedes lo mismo?

Peter se mordía los labios para no reír.

—¿Pero qué te has propuesto, Liz? —Dijo el tío—. Nos están insultando.

—No lo toméis así. He dicho a estos amigos que habéis estado robando reses de este rancho para venderlas sin mi autorización, y eso no se puede hacer sin consultar con la dueña, ¿no os parece? No os lo voy a tomar en cuenta, pero eso ya se acaba. Y para que sea así, Dean se hará cargo del rancho... No os preocupéis. Lo sabrá hacer muy bien. Es ganadero... En cuanto a vosotros, podéis seguir aquí. No voy a arruinarme por daros de comer. Al fin y al cabo, sois mi familia. Aunque tengo que reconocer que es lo contrario de una familia ideal como a mí me gustaría. Si queréis trabajar vais a cobrar como los demás vaqueros.

—¿Nos estás diciendo que podemos trabajar de vaqueros?

—Pero no os obligo. Sólo si queréis cobrar a final de mes. Si no, no hace falta.

—Por supuesto que no lo haremos —dijo el tío.

—Como queráis —dijo la joven, que se sentó a la mesa, seguida de los dos amigos.

Antes de ir al rancho los tres habían hablado con el mayor, y éste, perdonando a Liz, visitó al juez que seguía muy asustado y dio la orden que le pidió el rural, para que todo el dinero que tenían los Payne a su nombre en el Banco, pasase a la cuenta abierta solo a nombre de Liz.

Era dinero procedente del ganado que pertenecía a la muchacha, por lo tanto era suyo.

La orden dada por el atemorizado juez era terminante y concreta.

El director del banco sabía que estaba a cubierto con ese documento.

Los Payne, pensando en todo ese dinero que tenían, es por lo que dijeron a la joven que no pensaban trabajar.

Liz no dijo nada del asunto del banco... Estaba segura que ellos pensaban que aquel dinero seguía en la cuenta de ellos.

—¿No comprendes que no está bien que trabajemos? Nunca lo hemos hecho en este rancho. Tienes que darte cuenta de que soy el hermano de tu padre —dijo el tío.

—Sí, ya lo sé. Pero sólo para algunas cosas.

—¿Qué es lo que quieres decir?

—Exactamente lo que has oído.

—No creas que vamos a trabajar en un rancho en el cual hemos estado como dueños durante muchos años. Y además hemos procurado que cuando vinieras te lo encontraras funcionando. Deberías estarnos muy agradecida.

—Ya lo veo. Me he encontrado con mucho menos ganado del que debería tener. Pero, además, yo sólo lo hacía por vuestro bien. No quiero que os aburráis. Mientras tengáis un trabajo, estaríais distraídos —dijo ella con ironía.

—No creo que debas preocuparte por eso.

—Ese es un problema vuestro... Por lo tanto, hacer lo que queráis. Lo que no haré de ninguna manera será daros dinero para vuestros vicios, si no lo ganáis.

—No te preocupes. Ya lo buscaremos —dijo Matt riendo—. No nos hace falta.

—Si no os hace falta trabajar para vivir, me alegro mucho. Pero creo que se os harán los días muy largos.

—Cabalgaremos por el rancho —dijo el tío.

Se miraron los tres amigos, con intención, y no dijeron nada.

Se oyeron unos golpes en la puerta a la vez que se pedía permiso para entrar. Era el capataz, que fue autorizado a hacerlo.

—Sólo venía porque he visto a la patrona venir con dos forasteros, y quería saber si pasaba algo...

—No pasa nada. Pero ya que está aquí, le voy a explicar la situación. Siéntese —dijo Liz, en tono muy tranquilo.

Este obedeció muy extrañado.

—Desde hoy, éste será el nuevo capataz de este rancho. Se va a hacer cargo de todo.

—¿No es el que estuvo en prisión? —contestó.

—Pero ya estoy fuera, por fortuna para mí —dijo Dean.

—¿Qué puedes entender de estos asuntos?

—Seguro que más que tú —dijo Dean sin dejar de sonreír.

—Pero, ¿qué pasa conmigo?

—Puedes seguir aquí Trabajarás a sus órdenes, como todos los demás —dijo la joven.

—¡No estará hablando en serio! Un buen capataz, si deja de serlo, no se puede quedar trabajando de vaquero en el mismo rancho.

—La decisión de quedarse o no es sólo suya.

—No me gusta nada este juego, patrón... —dijo mirando a Hector—. Hace muy poco me confirma que el cargo es mío y ahora me lo quita. ¿Es que va a ser ella la que dirija el rancho...? Si este muchacho se hace cargo de todo, presumo que dentro de muy poco no habrá quien entre en este rancho.

—Lo que debe procurar hacer es no decir tonterías. No se preocupe por mi actuación ni se atreva a discutirla, ya que yo no lo he hecho todavía con usted.

—Bueno... Yo no quiero molestar a nadie, pero me parece que Harol es, claramente, un hombre muy capaz —dijo Hector.

—¿Para qué...? —Dijo Peter—. ¿Para sacar reses de aquí, con mucha facilidad? Es en lo único que todos ustedes le llevan ventaja porque este joven no sabe hacerlo.

—¿Sabe si terminó su condena, o se ha escapado? —dijo, furioso, Harol.

Peter se levantó con rapidez, pero Dean le sujetó, diciendo:

—¡Quieto, Peter! ¡Está refiriéndose a mí!

—Yo sólo hago preguntas a la patrona y a ellos...

—Yo no voy a hacerle preguntas. Voy a afirmar que es usted un cobarde. Y como no estoy seguro si eso se contagia o no, no quiero correr el riesgo de que infecte esto... ¡Le voy a matar! ¡Defiéndase...! ¡Nunca mato sin que la víctima se defienda! —dijo Dean, en tono frío y seguro.

—¿No pensarás que aquí no sabemos disparar, verdad? —dijo Harol, sonriente.

—¡Lo que yo crea, es cosa mía! Sólo he dicho que te voy a matar, y eso es lo que voy a hacer. ¿Estás listo?

—No es para tanto —dijo Hector—. Es natural que si no se te conoce se te hagan esas preguntas...

—¡Otro cobarde!

Hector, por el modo de hablar del nuevo capataz, había estado bastante confiado hasta que se refirió a él. Ahora lamentaba haber hablado.

Harol, aprovechando la intervención de Hector, había querido sorprender a Dean.

Pero éste disparó dos veces.

—No te he matado porque quiero tener el placer de colgarte.

Harol sentía sus brazos heridos, y echó a correr.

—No sigas —dijo, la joven—. Ya tiene bastante. Es mejor que se marche del rancho.

El capataz siguió corriendo hasta la vivienda de los vaqueros, en dónde, sin fuerzas, cayó al suelo.

—¿Qué ha pasado? —preguntó uno de los más amigos de él.

—Ha sido el nuevo capataz. Ha disparado sobre mí. No he podido sorprenderle en el momento que estaba hablando con el patrón... No me ha colgado gracias a la joven, que le ha dicho que ya tengo bastante.

—Pero ¿por qué?

—Porque le he dicho que no sabemos si se ha escapado de la prisión.

Harol, bajo la influencia del miedo, decía la verdad.

—No has debido hablarle así.

—Es que querían que me quedara de vaquero. Ha nombrado capataz al presidiario.

—¿Es que entiende de ganado? Aunque, pensándolo mejor, debe estar habituado, ya que se habrá dedicado a robar reses. Supongo que será por lo que estuvo en la cárcel.

Los demás, mientras escuchaban, permanecían callados.

Matt se acercó a la vivienda de los vaqueros, para ver cómo seguía Harol.

Después de verle, ordenó que le llevaran rápidamente a casa del médico para que le curara los brazos heridos.

Harol no hacía más que lamentarse y protestar.

—No habéis debido dejar a tu prima que haga esto —decía a Matt.

—¿Es que ya te has olvidado que es ella la única dueña de todo esto?

—Sí. Eso ya lo sé. Ella es la dueña, pero nosotros hemos dejado aquí nuestro sudor, durante mucho tiempo.

Matt, se le quedó mirando, y luego dijo:

—No te quejes. ¡Todos hemos ganado mucho dinero! Ahora lo malo es que, si tiene un accidente, heredarán los rurales, y ésos son echarían de aquí, inmediatamente, o nos colgarían.

—Ese nuevo capataz, tampoco se asustará de nada. Es muy decidido—dijo Harol.

—Lo que debemos hacer es que fracase en su cometido.

—De eso nos encargaremos nosotros —dijo otro.

—Pero hay que hacerlo desde el principio. No conviene que coja confianza.

—Lo que debemos tener en cuenta es que va a contar con el apoyo y la gran ayuda de todos los antiguos cowboys del rancho.

—De ésos me encargo yo. Se les puede asustar fácilmente —comentó otro.

—Bueno —comentó el herido—. ¿Me vais a llevar a un médico o vais a dejar que me desangre aquí?

El herido contenía la hemorragia, sujetando con pañuelos, que le ayudaba a sujetarlos otro compañero.

Al cabo de unos minutos, le subieron a un carro para llevarlo a la ciudad.

Mientras, en la casa principal, el tío de Liz estaba muy asustado.

—Creo que no debiste disparar sobre él.

—Él lo iba a hacer sobre mí, mientras usted me distraía para que pudiera conseguirlo.

—¡No! —Gritó asustado Hector—. ¡Eso no es cierto!

—Eso es lo que ha intentado hacer. Y le advierto que no sé cómo me contengo. Debía colgarle por cobarde. Creo que debes invitar a tu tío a que abandone esta casa y el rancho. Es un cobarde.

Hector iba hacia la puerta.

—Sí —dijo—. Me marcharé. Nunca esperé este pago de ti, Liz.

—Te has equivocado conmigo. Eso es todo. Creías que podías seguir robando ganado de este rancho. Creo que tu marcha va a evitar que sea yo quien os tenga que matar a los tres —dijo la muchacha, en tono seguro.

El tío salió asustado en busca de su hijo y del capataz.

—¿Dónde está Harol? —dijo a Matt cuando llegó a la vivienda de los vaqueros.

—Se lo han llevado al médico. Sangraba mucho.

—Debemos marcharnos de aquí o nos matarán esos pistoleros que ha traído Liz.

—Pero...

—¡Te digo que tenemos que marcharnos! Me lo han dicho muy claro. Yo no estoy dispuesto a que me maten.

—Iremos a ver al abogado y que se haga lo que teníamos planeado al llegar Liz.

—Ahora ya no podemos hacerlo... Y mucho menos después de la intervención de los rurales al llegar ella aquí... ¡Ahora está muy claro que no tenemos nada que hacer en ese sentido! Todos se darán cuenta de que es una farsa... No olvides que aquí al abuelo de la muchacha, a su madre y a mi hermano, se les estimaba mucho. Es lo que va a suceder con ella... En cambio, a nosotros no nos pueden ver. Si nos han tolerado algo más todos estos años ha sido por miedo y por evitar líos, pero nada más.

—Creo que tienes razón. Tenemos el dinero suficiente como para marcharnos de aquí y comprar una propiedad, si queremos criar ganado... Pero si no queremos eso, podremos emprender cualquier otro negocio, pero lejos de aquí. Donde no nos conozca nadie.

—Los mejores negocios están con el contrabando. Lo que hace falta es mucho dinero para empezar. Nosotros lo tenemos. Se gana más del doble, aunque no voy a negar que es bastante expuesto, ya que los rurales lo tienen todo muy controlado.

—Hablaremos de todo esto en el pueblo. Vámonos. Pediremos que nos lleven lo que tenemos aquí.

Pensando en todo el dinero que tenían en el banco, se marcharon muy contentos.

Los que llevaban tiempo en el rancho, al conocer la noticia del cambio de capataz, fueron a visitar a Liz.

Se justificaron de una manera un tanto extraña por no haberla saludado antes. Pero la muchacha les hizo el juego, simulando que se dejaba engañar.

Prometieron ayudar a Dean en su misión en el rancho.

Mientras llegaban a Denver los que acompañaban al herido.

El padre y el hijo lo hacían media hora después.

El doctor dijo que las heridas no eran graves, pero necesitaba algún tiempo para curar.

Los Payne, pidieron habitaciones en el hotel... Sólo pudieron conseguir una para los dos, ya que todo estaba ocupado.

Y por ser ellos, les dejaron ocupar una habitación que era de los dueños.

Poco más tarde, Hector buscó al sheriff, para explicarle lo que había sucedido.

—Lo que tienes que hacer es detener a ese pistolero y averiguar si se escapó de la prisión. No creo que haya cumplido toda la condena.

—Tendría que saber en qué prisión ha estado, para poder telegrafiar.

—Lo mejor será que le detengas primero. Ya te lo dirá él después.

—Lo mismo habíamos pensado Dover y yo. Pero si se ha metido en el rancho no va a ser tan fácil, porque no sería prudente ir allí a por él. Y el otro tan alto, ¿quién es?

—No lo sé. Se ha presentado con ellos en el rancho.

—¡Voy a acusarle de cuatrero...! Es una acusación que siempre funciona. Dover me dejará los hombres que necesite. Mañana, en el concurso de rifle, comprenderán lo que les espera si se resisten a ser detenidos —dijo el sheriff.

A la mañana siguiente, Hector fue a primera hora hasta el banco, sin acordarse de que no estaba abierto, ya que era fiesta general, lo que le obligó a esperar al día siguiente.

Aconsejados por Dover, todos los que formaban su equipo iban a hacer unas cuantas demostraciones públicas de sus excelentes condiciones como tiradores con rifle y Colt.

Dijeron que lo iban a hacer como entrenamiento para el siguiente día.

Fueron muchos los curiosos que se dispusieron a ir a presenciar esas habilidades.

La noche anterior, Matt había comentado que iba a indagar si Dean ya había sido liberado, o por el contrario, se había escapado de alguna prisión, lo que llegó a oídos de los rurales.

Por esta razón, el mayor buscó a los Payne, para

decirles, cuando estaban con el sheriff:

—He oído decir que están poniendo en duda si ese muchacho que llegó con Liz ha sido liberado o se escapó.

—Bueno —dijo el sheriff—, realmente sólo sabemos lo que él ha dicho. Y mi deber es informarme de que es cierto.

—Le mostraré un telegrama que he recibido del alcaide de esa prisión.

Capítulo 8

Después de leer el telegrama mencionado, el sheriff no supo qué decir... Pero poco después, preguntó:

—¿Y qué me dice del otro que va con él?

—¿Es que también tiene algo en contra de él, sheriff?

—Me he enterado que lleva un caballo que no tiene ningún hierro.

—¿Es que es la primera vez que ve a un animal así...? ¿También supone un delito no errar el caballo y no ponerle hierro? La mayoría de los cazadores de caballos, sobre todo los que cazan adultos, no lo hacen ya que serían odiados por éstos. ¿Es que mister Dover le ha dicho que le acuse de cuatrero por esa circunstancia?

—Tendrá que demostrar que es suyo.

—Yo creo que será usted quien tenga que

demostrar que no lo es. No me gusta que haya en esta población un sheriff que sólo se preocupa de los intereses de ganaderos que le pagan por ello. ¿Me equivoco?

—Yo sólo estoy cumpliendo con mi deber.

—Eso es lo único que esperamos que haga, quienes estamos muy pendientes de su actuación —dijo el mayor.

Y dicho esto, el mayor se dirigió a donde iba en un principio. Pensaba presenciar los ejercicios a realizar por el equipo de Dover.

El de la placa cuando se hubo marchado el mayor, furioso, exclamó:

—¡Asqueroso rural! ¡Ahora no podré hacer nada con el presidiario! Y con el otro tan alto, tampoco. ¡Maldito entrometido!

Y muy enfadado se dirigió también a la pradera, para presenciar los ejercicios de los del rancho de Dover.

En la pradera se podía comprobar que los del equipo de Dover estaban entrenados para ganar los ejercicios del día siguiente.

Dover estaba orgulloso. Aceptaba las felicitaciones de los amigos que le aseguraban serían los ganadores del día siguiente.

Se quedó paralizado al ver el caballo que tanto le había gustado.

Estaba con otro, amarrado a uno de los carretones que había en la pradera.

—¡Ahí está ese animal! —exclamó.

—¿Cuál?

—Aquél que está amarrado a la rueda del carretón.

El capataz, al darse cuenta del caballo, silbó largamente.

—¡Ya lo creo que es precioso! ¡He visto pocos caballos como ése!

—Tenemos que llevárnoslo al rancho.

—¿Y qué hacemos con los rurales?

—No tienen por qué saber en qué rancho está.

—¿Es que cree que no registrarán el rancho...? Será el primero en que buscaran los rurales, mirando todos los rincones.

—Si lo escondemos bien no lo encontrarán. Y pasado un tiempo, le ponemos nuestro hierro y ya está.

—Y... ¿qué cree que hará el propietario? No se quedará sin hacer nada.

—Nosotros no sabemos nada. Verán que no nos hemos movido.

—No debemos hacerlo. Es mejor que le ofrezca una cantidad mucho mayor, si tanto le agrada.

—Ya la ha rechazado. Ahora es el momento adecuado. Está viendo el ejercicio de los muchachos. Estoy seguro que no se va a atrever a enfrentarse a ellos, después de lo que está presenciando.

—Quiero que sepa que no soy partidario de robar ese animal.

—Pues ya está decidido. Dije que sería para mí, y me gusta cumplir lo que digo y que no se rían de mí.

—¡Sería otra cosa muy distinta si no estuvieran los rurales, que además se han hecho amigos de ese muchacho...!

—¡Se me ocurre una idea!

Y Dover se alejó de su capataz para acercarse mucho más a los que estaban haciendo la exhibición. Con disimulo, mando a uno de sus vaqueros que fuese hasta donde estaban y hablase con los dos que demostraron ser los mejores con el colt. Éste habló brevemente con ellos, y se retiró.

Pasados unos minutos, uno de estos dos, dijo en voz alta:

—Parece que hay entre los curiosos uno que ha disparado varias veces sobre personas con un éxito sospechoso. ¿Se atrevería a jugar lo que ganó al póquer con este ejercicio?

Dean y Liz miraron a Peter, que sonreía.

—¡Vaya! —Dijo Dean—. ¿Qué es lo que tramarán ahora?

—¡No les haré caso! —dijo Peter.

—¿Es que no me ha oído? Sé que está aquí. Es uno muy alto...

—No te molestes, muchacho. Te he oído, pero no me interesa.

—Parece que esto no es tan fácil como jugar a las cartas, ¿eh...? Ya ves... Yo estoy dispuesto a jugarte todo lo que ganaste en esa noche tan famosa.

—¿Puedo saber a qué viene ese interés...? No pienso tomar parte en el ejercicio de mañana. ¿Quién te ha pedido que lo hagas? ¿Tu patrón, acaso?

—Lo que yo haga fuera del rancho no tiene que ver nada con mi patrón.

—Eres un tipo muy extraño entonces. Pregunta a todos los que están aquí, a ver si puede jugar cada uno ellos tres mil dólares. Estoy seguro que ellos, a pesar de trabajar como tú, no han podido ahorrar ese dinero, y menos jugárselo.

—Es que tengo quien me deja esa cantidad...

—¡Vaya! Ya empieza a confesar que la idea no es sólo suya.

—Céntrate en mi oferta... Ahora no podrías ganar.

—No te van a servir todos los esfuerzos que hagas para provocarme... Estoy seguro que tu patrón cree que si me matas podría quedarse con mi montura. Puesto que seguro que es eso, le voy a facilitar las cosas. He oído que es un hombre rico.

—Puedes asegurarlo.

—Y tiene una confianza ciega en ti, como tirador de revólver, ¿no?

—Desde luego.

—Está bien. Entonces le juego diez mil dólares frente a mi caballo. Si me derrota en los ejercicios que los vaqueros presentes indiquen, se queda con el caballo y le hago un escrito de propiedad. Y si yo te derroto, me entregarás diez mil dólares.

—¡Aceptado! —gritó Dover.

—Bien entendido que, como no quiero tener que

matarle todavía, depositará esos diez mil dólares en manos del mayor Hartigan. Mi caballo está cerca de aquí —añadió Peter.

—No tengo tanto dinero aquí, pero tiene mi palabra de que pagaré.

—Está bien. Sé que lo hará, porque de lo contrario le mataría.

—No has hecho otra cosa desde que has venido que hablar de matar…. ¿Es que crees que eso es tan fácil? —dijo enfadado, el vaquero que le había provocado.

—Ahora vamos a tratar del ejercicio. Y una vez terminado, me tendrás a tu completa disposición.

—No querrás asustarme, ¿verdad?

—No. Ya sé que tú eres muy vacilante… Pero después del ejercicio tendrás que salir corriendo, porque al acabar tendrás que enfrentarte a mí en un duelo a muerte… Primero voy a demostrar que no eres más que un novato adelantado. Ahora los vaqueros tienen la palabra para proponer un ejercicio que sea realmente difícil… No lo que estáis haciendo vosotros… El grupo que actúa de jurado debe estar presidido por el mayor Hartigan. ¿Hay algún impedimento?

—Desde luego que no. Pero vale el ejercicio que estamos haciendo.

—No —gritó un vaquero—. Indicaremos otro más difícil.

Se pusieron de acuerdo cuatro vaqueros y el mayor. Discutieron el ejercicio que iban a hacer los dos a la vez para el mejor control del tiempo empleado.

El del equipo de Dover, que se consideraba de verdad un buen tirador, no dejaba de sonreír.

—Le va a salir barato el caballo que tanto le gusta —decía a Dover.

—Serán para ti los setenta y cinco dólares que estaba dispuesto a pagar por él.

—Prepare entonces el dinero —dijo riendo el vaquero.

Por fin, el mayor indicó que prepararan el ejercicio acordado por el jurado.

En esto iban a tardar muy poco. Consistía en diez piedras, sujetas entre sí por un fino cordel. Tenían que romper los cordeles de los que pendían las piedras de distinto tamaño para ser bien distinguidas.

La distancia seria de veinte yardas.

Una vez clavados los clavos y colocadas las piedras, el vaquero comentó:

—Será mejor que se coloquen en sentido horizontal.

—Ha de ser en la forma en que están. No hay ventaja para ninguno de los dos, ya que ambos tendrán que hacer lo mismo. ¿Se ven bien las cuerdas?

—Sí —respondió Peter.

—Yo sólo disparo con un revólver —añadió el vaquero de Dover.

—Pues en ese caso, también yo lo haré con uno —añadió Peter—. Y si no, dispararé los dos a la vez y así tardaré menos que tú en alcanzar cinco blancos.

—¡Eres un fanfarrón!

El jurado les llamó la atención para que se colocaran frente a los blancos.

Cuando dieron la señal, el vaquero, tratando de asegurar sus blancos, tardó más que Peter en doble de número de disparos.

Peter no había tenido un solo fallo. Y el vaquero sólo cortó tres cuerdas de las diez que tenía que alcanzar.

Los aplausos a Peter y el hecho de haber disparado diez veces, pero sin el menor fallo, mientras que él no había conseguido más que tres, pusieron nervioso al vaquero, que miró a Peter como si no pudiese creerlo.

Peter, que guardaba con mucha indiferencia sus armas, después de haber repuesto la munición, miró al vaquero, para decirle:

—¡Ahora será entre nosotros! ¡Carga tu revólver!

Pero el vaquero puso las manos sobre la cabeza, diciendo:

—¡Mayor, no deje que me mate! ¡Nunca podría con él! Es muy superior.

—¡Eres un cobarde! —gritó Dover.

El vaquero cargó su revólver y dijo:

—¡No me vuelva a llamar cobarde!

Y mientras simulaba que iba hacia Dover, intentó disparar sobre Peter, quien de un solo disparo le segó casi por completo la garganta.

Dover echó a correr aterrado.

—Mañana me encargaré de cobrar esos diez mil dólares. Yo he sido el depositario nominal y me encargaré de cobrar.

—No creo que se niegue —comentó Peter.

Los testigos miraban a Peter con verdadera admiración.

Liz y Dean estaban contentísimos, después del miedo que habían pasado. Temían por la vida del amigo, ya que se enfrentaba, según Liz, a uno de los más rápidos del condado.

—Si mañana se presentara —decían los testigos— no podrían con él.

Los compañeros del muerto eran contemplados por los demás con sonrisa burlona.

El mayor se acercó al sheriff, para decirle:

—¿Piensa acusar de cuatrero a ese muchacho?

—Yo no he dicho nunca que lo sea.

—Le voy a decir que usted ha puesto en duda que el caballo que monta sea suyo.

—Yo sólo he comentado que el animal no tiene hierro.

—¿A quiénes del rancho de Dover iban a hacer comisarios suyos para asustar a ese muchacho?

—¿Quién le ha dicho eso? Yo no he pensado hacer comisario a nadie por ese motivo. Era sólo para que me ayudaran durante los días de fiestas. Se hace en muchas poblaciones con el fin de vigilar mejor a los forasteros que se presentan a ellas.

—Estoy bien informado, sheriff... —dijo el

mayor—. No quiero que ese muchacho le mate... No le diré nada, pero merece un poco de plomo en la garganta... ¿Se ha fijado que casi ha separado la cabeza del tronco a ese traidor? ¿Cuántas veces cree que disparó?

No respondió el sheriff al ver a Peter frente a él.

—Así que me iba a acusar de cuatrero —dijo Peter—. ¿Era orden de su amo?

El mayor, con afán de defender al de la placa, aunque estaba seguro que se merecía lo que quisiera hacerle Peter, le dijo:

—No creo que intentara nada. Es demasiado cobarde.

—Sabe perfectamente lo que iba a hacer. Ya tenía a los que le iban a ayudar para mi detención. Uno de ellos ha hablado.

—No debe creerles —decía el sheriff asustado.

—Mayor. Hágase cargo de la placa. No estaría bien que muriera con ella en el pecho.

—¡Pues dejaré de ser sheriff, pero no me mates...! —decía temblando—. ¡No fue idea mía!

—¡Quítele la placa, mayor!

—¡No deje que me mate, mayor! —suplicaba el sheriff, poniéndose tras el rural.

Los curiosos se apartaban en todas direcciones, pero sin dejar de mirar el espectáculo que les brindaba el de la placa.

—¡No le deje! —Seguía gritando el sheriff—. ¡Tome la placa!

—¡Lárgate de Denver, cobarde! Si vuelvo a verte por aquí, te mataré —Gritó Peter.

—¡Sí! ¡Sí...! Me marcharé —decía el sheriff, mientras corría alejándose de allí.

No paró de correr hasta llegar al saloon donde sabía que encontraría a Dover.

Cuanto estuvo junto a él, le dijo:

—He comprendido tarde de quién se trata... ¿Te acuerdas del agente de Washington que hizo aquella limpieza en Montana y Wyoming? Pues es este mismo. ¡No comprendo cómo no me di cuenta antes! ¡Parece que va a recorrer todos los estados haciendo de las suyas! ¡Y yo que quería acusarle de cuatrero! ¡Me voy de la ciudad! ¡Ya le he entregado la placa al mayor!

Dover, que también se acordaba de aquellos sucesos, asustado, replicó:

—¡Qué manera de disparar! ¡Ahora comprendo cómo pudo ganar esa partida! ¡Le han destinado a él de Washington porque es el único que puede mezclarse con los de la calaña nuestra! ¡Y ahora tendré que pagarle diez mil dólares!

—No intente engañarle.

—No me dejaría...

—¡Tienes que pagar diez mil dólares por un caballo que ni siquiera has conseguido! ¡Vaya negocio! —dijo el dueño del saloon.

Los clientes que entraban iban comentando lo sucedido.

Pocos habían oído hablar del agente especial enviado de Washington con poderes especiales. Los que sí estaban enterados eran todos los que trabajaban fuera de la ley. Pero poco a poco se iban extendiéndola noticia.

—¡No hay duda que es muy peligroso! —decía uno—. No me sorprende lo que dicen que ha hecho por ahí...

Los vaqueros del rancho de Liz, amigos de Harol y de los Payne, decidieron recoger sus cosas y marchar del rancho. No querían que Peter les dedicara su atención.

Después de enterarse de su personalidad, a medida que iban hablando entre ellos, se asustaban más, de lo que les podía haber pasado.

Varios de ellos se marcharon al rancho, aprovechando la estancia en la ciudad de los tres jóvenes, para recoger lo que les pertenecía.

Uno fue a ver a Harol, y le informó de lo sucedido.

—¡Vaya de la que me he librado! —decía—. Será conveniente alejarse de aquí.

—Es lo que debes hacer. Nosotros nos vamos del

rancho y, a poder ser, también de esta comarca. Si averiguan que hemos robado ganado, nos matarán.

Otros que temblaban con la noticia eran el abogado y el juez.

La amistad de esos muchachos con Liz suponía un gran peligro para ellos.

Los Payne también estaban aterrados. Habían presenciado lo que hizo Peter. No iban a intentar nada contra Liz ni contra sus acompañantes.

Se marcharían al día siguiente después de que abrieran el banco.

Los que formaban el equipo de Dover para los ejercicios estaban impresionados por lo que habían presenciado y por la muerte del compañero.

—No hay que engañarse —decía uno de ellos a Dover—. Ese muchacho nos causará muchos disgustos.

—Sí. Ha sido una sorpresa general... Pero se trata de un personaje muy conocido. El sheriff está asustado.

—Lo sabemos. Le hemos visto correr después de entregar su placa al mayor Hartigan.

—Sí. He oído hablar de él —comentó uno—. Ha hecho muchas víctimas.

—Ese tonto no supo hacerlo...

—No. Lo hizo muy bien. Parecía que iba a disparar sobre usted. Lo que sucede es que él tiene una velocidad asombrosa.

Capítulo 9

Al día siguiente a primera hora, Hector Payne fue al Banco a retirar su dinero.

El director le contó lo que pasaba.

Estaba tan asustado con lo que estaba sucediendo, que sin decir nada, se marchó. Se reunió con su hijo y ambos, junto con Harol, escaparon de aquí.

Sabían que si se quedaban serían los siguientes en morir.

Mientras tanto, Peter había llegado a Lubbock. No recordaba haber visto tanto trajín en una ciudad.

En el lujoso hotel en el que encontró habitación, había muchas más personas vestidas de ciudad que de cowboys.

El local era mixto, como en muchas ciudades del Oeste. En la parte de arriba estaban las habitaciones. En la parte inferior, estaba el saloon.

Había varias empleadas.

Sonreía al ver que no podía faltar en un lugar como ése: el juego. Había para todos los gustos.

Su montura estaba muy bien cuidada y bajo vigilancia de un encargado de establo que parecía competente.

Esto le permitía libertad de movimientos.

Ahora pensaba en Liz y Dean. Se había marchado de Denver sin despedirse de ellos.

El mayor, que sabía quién era desde el principio, y de acuerdo con él, les dijo que se había marchado al Norte para no verse en la necesidad de seguir matando, seguro de que había varios que estaban dispuestos a provocarle.

Los dos jóvenes lamentaban que se hubiera ido en esas condiciones, pero estaban de acuerdo en que había sido una buena medida el alejarse de allí.

Dean se daba cuenta que se iba acostumbrando a Liz y se decía que necesitaba estar tranquilo una temporada. No pensaba marchar de momento.

Decisión que alegraba mucho a la muchacha, que también iba acostumbrándose a su proximidad.

Peter, por su parte, se iba informando, sin preguntar, que el cambio de Lubbock se debía al ferrocarril, ya que así su mercado ganadero se había reforzado de una manera vertiginosa.

El hotel donde se encontraba había sido construido un año antes.

Y en la ciudad había unos veinte saloons que dos años atrás no existían.

Se decía que debía ir informándose de una manera prudente, pero debía hacerlo con las personas que fueran naturales de esa ciudad.

Paseando por la ciudad, vio tres oficinas de compañías que se dedicaban a contratar vagones de ganado.

Peter vestía de vaquero, por lo cual nadie se preocupaba de él.

En su afán por buscar locales antiguos, entraba

muy poco en el del hotel... Sólo lo hacía por las noches a últimas horas, cuando se disponía a retirarse a descansar.

Por fin, a los cuatro días, entró en un local propiedad de un matrimonio. El esposo atendía el mostrador, y ella, a los que preferían beber sentados.

Ninguno de los dos era joven.

El hecho de tratar a los clientes con tanta confianza, indicaba que debían ser de allí, que era lo que andaba buscando Peter.

Allí sí extrañó su presencia. Clientes y dueños, le miraron con curiosidad.

—Forastero, ¿verdad? —dijo el dueño al tiempo de servirle lo que había solicitado.

—Creo que debemos ser muy pocos en Lubbock que no lo seamos... Supongo que, antes del ferrocarril, no había tantos locales en la ciudad.

—Puedes asegurar que antes no era así —dijo el dueño—. Hasta hace muy poco sólo estábamos nosotros y otros dos locales más. Aquí nos reunimos los antiguos, por lo que habrá observado que nos ha llamado la atención el verle entrar a usted.

—Comprendo —añadió Peter.

—¿También vienes por el ganado?

—No me interesa en absoluto... Pensaba descansar una temporada, y encontrar un trabajo que me permita estar ocioso. Observo algo muy extraño —dijo Peter—. No veo ninguna mesa de juego por ninguna parte.

—Pues no sirven nada más que para disgustos —comentó el dueño.

—En eso estamos de acuerdo —dijo Peter—. En cambio, en el hotel en el que estoy no falta nada en ese sentido.

Los clientes escuchaban la conversación desde sus mesas.

Dejaron de hablar, porque entraban dos tipos vestidos con elegancia.

Peter comprobó el desagrado que producía

la entrada de esos dos en todos los clientes y los dueños del local.

—Hola, Dexter —dijo uno de los elegantes al dueño.

—Hola —respondió sin entusiasmo.

—Te presento a un buen amigo —dijo el anterior—. Es propietario de una agencia de contratación para el transporte del ganado.

—Encantado, —dijo el elegante aludido.

—Invita a todos, Dexter —dijo el elegante primero.

Peter sonrió cuando todos los clientes movieron negativamente su rostro.

—Gracias, pero todos nosotros ya hemos bebido, abogado —dijo uno de ellos.

—Tenéis que convenceros que el ganadero tiene una gran ventaja con la intervención de las agencias... Debéis convencer a la terca Allyson. Es una gran tontería que tenga que seguir pagando a tanto hombre, para seguir transportando el ganado por tierra.

—Ya sabe usted que, si no fuera por la intervención de esas agencias, ella misma es la que podría contratar con el ferrocarril. ¡Además, no se queja...! Vive tranquila como está. ¡Déjela en paz!

—Es una locura que se niegue a unir a nosotros. Vende mucho ganado al año, y todos podríamos ganar.

—¡Un momento! —Dijo Peter—. Perdonen que me meta en lo que pueden decir que no me importa, ya que es verdad. Las leyes son iguales para todos, y si estos caballeros tienen poder para beneficiarse del ferrocarril, lo mismo va a pasar con cualquier ganadero que quiera hacerlo directamente. ¿No es así?

—Así debía de ser —dijo el dueño del bar—. Pero hay una escoria aquí que nos está haciendo la vida imposible...Y no precisamente a mí, que no poseo ni reses ni caballos, pero sí a muchos de los ganaderos honrados de la ciudad... Aseguraron que el ferrocarril iba a beneficiar al ganadero, pero lo que es aquí sólo ha beneficiado a los forasteros, que han venido con ese pretexto.

—¡Nadie te ha dicho que intervengas en este asunto! —gritó el abogado.

—Ya he dicho antes, que no me importaba, pero me ha parecido que trataban ustedes de asustar a este hombre para que se lo diga a esa tal Allyson... Para la ley es muy difícil controlar a estas agencias que suelen comprar los vagones, para luego a su vez alquilarlos a los ganaderos y cobrar un tanto por ciento más de lo que pagaron ellos... Pero lo que sí se puede hacer, es ponerse de acuerdo los ganaderos y no alquilarles nadie los vagones, con lo cual, perderían el importe de lo que ellos han pagado por alquilar los vagones, y no lo volverían a hacer.

—Eso estaría muy bien, pero es difícil conseguir esa unión. Algunos pactarían con ellos —dijo uno.

—Deben de conseguir esa unión... Si no pueden alquilar los vagones, se arruinan, porque ellos solo los quieren como negocio.

—¡Te han dicho, vaquero, que no te metas en esto! —dijo el otro elegante.

—Sin embargo —dijo el dueño—, yo le autorizo a que hable cuanto quiera. Este es mi local. Hasta ahora nadie nos había dicho una palabra en ese sentido.

—Además existe otra cosa. Si este caballero es abogado, debe saber que no se puede alquilar los vagones de ferrocarril solo para negociar con ellos.

—Este caballero, como dices es un astuto buitre. Anda engañando a todos para poder enriquecerse él —medió uno de los clientes.

—¡Pues Allyson tendrá que unirse a la agencia, o de lo contrario no podrá vender ni una sola cabeza este año!

—Si sabe defender sus derechos, tendrá que exigirles a ustedes los daños y perjuicios que le hayan ocasionado hasta ahora, con arreglo a la ley.

—¡Te han dicho repetidas veces que te calles! —dijo gritando el abogado.

—No pienso callarme.

—¿Y quién eres tú?

—Un cliente que ha entrado por primera vez a beber una cerveza, que ama la justicia y odia la cobardía y el robo. Usted despide un olor a cobarde que es insoportable.

El abogado fue a sus armas pero antes que disparara, ya que tenía el Colt empuñado. Peter le empujó con terrible fuerza, derribándole contra la puerta de entrada y tirándole el arma, en el empujón.

—¡Y éste es otro como él! —añadió Peter al golpear al que le acompañaba—. Todos han visto cómo ha querido ir a las armas. ¡Es un cobarde y va a ser linchado!

Terminó de desarmarles y, arrastrándoles a los dos, los sacó hasta la calle.

—Voy a perdonaros la vida, pero si os vuelvo a ver por aquí, y tratando de asustar a esta gente, no lo volveréis a contar.

Volvió sonriendo al local, donde tuvo que abrirse paso entre los curiosos que habían salido a la puerta para ver lo que pasaba.

Todos entraban riendo y comentando la carrera que empezaron los dos al ser soltados por el forastero.

—No hay duda que son dos cobardes —comentó.

—Pero peligrosos —dijo el dueño—. Has debido matarles, muchacho. El abogado no te va a perdonar lo que has hecho... No creas que será él. Pero tiene hombres capaces de hacerlo... Hace mucho que sabe que no le estimamos en esta casa, pero sigue viniendo de vez en cuando, como ahora.

—¿Quién es esa muchacha a quien se referían?

—Es una ganadera muy querida aquí. Ese cobarde dice que la estima, como estimaba a su hermano que fue asesinado. Culparon de ello a un gran muchacho... ¡Todos sabemos que era inocente pero a pesar de ello le mandaron la prisión y tuvo suerte porque pedían la cuerda para él...! Había varios testigos para declarar en su favor. No sé cuándo llegará Dean, pero cuando lo haga dejará las calles llenas de cobardes. Dicen que hace poco salió de la prisión, por eso estos cobardes quieren que la muchacha firme los documentos con ellos, antes de que vuelva Dean, ya que saben que ella nunca creyó en su culpabilidad. Y Dean le ayudaría a luchar contra esos cobardes.

—¿Es posible que habiendo sucedido así condenaran a ese muchacho...? ¿Por qué no comparecieron a declarar los que sabían la verdad?

—No les llamaron. Tampoco a la hermana. Todo lo hicieron muy rápido. Ese granuja fue el abogado de Dean... Intentaron que le colgasen. Estaba de acuerdo con los cobardes que aparentaban ser una familia ideal para él... Sólo después se enteraron que todo está a nombre de Dean. Están vendiendo todo el ganado a pesar de saber que no les pertenece. Y son de los que alquilan los vagones.

—Me gustaría hablar con esa chica, para ayudarla —dijo Peter.

—¿Es que sabe usted de leyes?

—Un poco. Lo suficiente como para ayudarla.

—Toda la culpa es del viejo John... Ella cree que la quiere, porque lleva muchos años en el rancho, pero es un granuja... Lleva muchos años robándole ganado... Su hermano se tuvo que dar cuenta, y es muy posible que por eso le mataran, pero ella sigue confiando completamente en él.

Dexter, el dueño del local, miró hacia la puerta, y después a Peter.

Era el comisario del sheriff el que entraba. Sonriente, dijo:

—Dexter... Me envía el sheriff para saber qué ha ocurrido, porque el abogado Nelson ha ido a la oficina a denunciar que le han golpeado a él y a su amigo. Y que lo han hecho aquí, y a traición.

—He sido yo quien los ha golpeado, porque no

soporto a los cobardes —dijo Peter.

—Vinieron para que yo dijese a Allyson que no podía seguir sin vender su ganado a la agencia que él representa y a este muchacho no le ha gustado en el tono de amenaza que lo ha dicho, ya que según él, la ley no ampara esos hechos.

—Bueno. Diré al sheriff, que era merecido el castigo. Después de todo, ya conocemos que ese abogado no es más que un granuja... Teníamos que venir, aunque sólo fuera para que vean que se atiende su denuncia, pero ya sabíamos que se trataría de algo así.

—¿Le importa estrechar mi mano? —Dijo Peter—. Es una satisfacción ver que ese distintivo se lleva con dignidad.

El comisario estrechó la mano de Peter y bebió con todos ellos.

Cuando el comisario se marchó, después de que Peter le estuvo explicando todo lo sucedido, le dijo Dexter:

—¡Menos mal que hemos tenido suerte con el sheriff y su comisario...! No se dejan dominar por tanto granuja como hay por aquí... Si no fuera así, estaríamos enterrados todos. El juez no es lo mismo. Le tienen demasiado asustado.

Peter terminó comiendo con el matrimonio. En la comida quedaron en que avisarían a Allyson para que viniera a conocer a Peter.

Horas después, se encontraron.

Peter reía por la manera de hablar de la muchacha, cuando le conoció

—No me hubiera dejado engañar por ese monstruo —dijo ella—. Le conozco desde que éramos así. Y no es bueno.

—En cambio —dijo Peter con valentía—, parece que te está engañando la persona en quien más confías.

—¿Te refieres a John? ¿Quién te ha hablado de él? Dexter, ¿verdad?

—No, aunque lo han comentado. Lo digo porque

le conozco de hace tiempo. Alguien me ha hablado mucho de él.

La muchacha se quedó extrañada.

Estaban solos en el comedor del matrimonio.

—Siéntate... ¿quieres? —Dijo Peter—. Y vas a prometerme que lo que voy a decir no saldrá de aquí.

—De acuerdo. Lo prometo.

Entonces Peter habló de cómo conoció a Dean y de todo lo ocurrido, y lo que le contó el amigo... Le dijo que Dean pensaba que John les robaba ganado y tuvo que ver en la muerte de su hermano... Añadió que, de acuerdo con el mayor Hartigan, había ido para intentar averiguar todo lo sucedido.

—¡No sabes lo que me agrada que Dean esté bien...! Pero creo que ha debido venir antes por su casa... En cuanto a John, no he querido pensar mucho en ello, pero a veces reconozco que he pensado algo parecido sobre él... Iba a contar a Dean mis sospechas cuando llegase —exclamó la muchacha.

—Vendrá. No te preocupes. Y puedes estar segura que castigará a cuantos le metieron cinco años en prisión. Lo que teme es tener que matar a las autoridades.

—El sheriff, no es el mismo. El anterior se marchó.

—¿Crees que es de fiar?

—El sheriff y su comisario, desde luego. El juez es otra cosa. Dicen que está asustado por causa de muchos, entre otros de Albert, el padre de Dean. Tú, tienes que tener mucho cuidado. No van a olvidar fácilmente lo que hiciste con el abogado y el otro.

—Es posible que cometiera una gran torpeza al no matar a esos dos cobardes.

—A Dean tendrán que devolverle mucho dinero. Una gran fortuna. No han hecho otra cosa que vender ganado sin su autorización. Lo que no sé es cómo les va a hacer salir del rancho. ¡Para Dean tuvo que ser terrible...! Creía que tenía una familia ideal donde poder apoyarse y se dio cuenta que lo que querían eran matarle.

—La ley les hará salir.

—Su padre ahora es el más asustado... Ha estado diciendo estos años que no podía creer que Dean fuese así. Qué merecía morir. Es el verdadero culpable del complot.

—No creas que Dean lo ha olvidado. Es por lo que creo que no ha venido ya.

—¡Es que sólo de pensar lo monstruoso que debe ser que el propio padre te acuse de algo que no has cometido...!

—Eso es cierto.

Capítulo Final

La muchacha, para no perder tiempo y con el fin de sacar cuanto antes a Peter de Lubbock, le dijo que debía ir a hablar con los rurales en primer lugar, y después con el sheriff y su comisario.

No había mucha distancia. Era un viaje agradable a caballo.

Después de dar cuenta a los rurales, volvieron al bar del matrimonio, para informar a éstos de que ya habían hablado con ellos y que ella había decidido que Peter se fuera a vivir a su rancho.

Varias horas después de que los jóvenes se habían marchado, se presentaron unos trabajadores pertenecientes a la agencia que apoyaba el abogado Nelson.

Como el matrimonio no les conocía, no les llamó la atención.

Los tres visitantes apoyaron la espalda en

el mostrador y miraron con descaro a todos los clientes.

Pidieron de beber sin cambiar de postura.

—¿Dónde está ese forastero tan alto que ayer andaba por aquí?

—Hace unas dos horas que se marchó —dijo el dueño.

—¿No volverá? Parece que se hizo amigo suyo.

—No lo sé. Ha estado hablando con el sheriff.

—¿Le ha detenido por lo que ocurrió con el abogado?

—No.

La esposa de Dexter habló con uno de los clientes y éste salió inmediatamente.

Aún seguían allí cuando entró el de la placa. No les agradó esta visita.

—Dexter —dijo el de la placa sin mirar a ninguno de los tres—. Cuando llegue ese muchacho tan alto, le dices que los rurales quieren saludarle.

Los tres trabajadores se miraron entre sí, pero callaron.

—Le dices también que no tiene que preocuparse por los golpes que dio ayer a esos dos. He interrogado a todos los clientes, y no hay duda que quisieron matarle.

Y dicho esto, salió del local.

—¿Habéis oído? ¡No quiero nada con los rurales! ¡Que sea el abogado Nelson el que arregle sus propios problemas! —dijo uno de los tres visitantes.

Pagaron las bebidas y se marcharon.

Cuando llegaron a presencia de Nelson éste les preguntó:

—¿Ya...?

—No estaba —dijo uno—. En cambio ha estado hablando el de la placa.

Y le explicaron lo sucedido.

—¡Nos va a traer más de una complicación este muchacho!

Mientras, el sheriff había mandado llamar al padre de Dean, y le dijo:

—Le he mandado llamar para que se viera con este caballero, ya que tiene poderes de su hijo para hacerse cargo del rancho, que, como sabe, pertenece sólo a su hijo... Le va a acompañar el mayor de los rurales, para que rinda cuentas de lo que han hecho en estos años que ha faltado su hijo.

—Espero que esto sea una broma.

—No es una broma. Es el representante de Dean y se va a hacer cargo del rancho.

El mayor Hartigan, que había venido a la ciudad de acuerdo con Peter, entró en ese momento, diciendo:

—¡Usted debe ser Albert...! Ya veo que acudió. ¿Y sus hijos...? Bueno, me refiero a los de su segunda esposa.

—Ellos no tienen nada que ver con el rancho... —dijo Peter—. El que nos interesa es solo éste... Le adelanto, que John el viejo vaquero de Allyson ha confesado que fue él quien mató al hermano de la joven. Lo hizo, muy contento porque el joven sabía que les robaba ganado... Y usted, Albert, fue el que montó el complot para acusar de asesino a su propio hijo... El abogado Nelson le ayudó. ¡Solo merecen la cuerda...! Seré yo quien les castigue. No quiero que su hijo tenga nada que ver. John y Nelson ya lo han pagado.

Albert no hacía más que protestar, al tiempo que le metían en una celda. Decía que todo era una trampa contra él.

El mayor, dijo:

—¡No queremos que sea Dean el que le mate...! Por eso le vamos a colgar nosotros. Cuando vuelva, verá que ya no tiene que hacer justicia con su padre, que lo único que merece es la cuerda por pretender colgar a su hijo, sabiendo que era inocente. Esta misma noche serás colgado.

—¡No! Creí que fue Dean... —decía el padre muy asustado dentro de la celda.

—¡Cobarde embustero! —exclamó el sheriff.

Los hermanastros de Dean se encontraban en el

saloon, del que no salían.

Peter se adelantó al sheriff que pensaba ir a detenerles, y al estar junto a ellos, dijo al barman:

—Invita a estos dos hermanos. ¿Cuál de los dos es Chester?

—Yo soy. ¿Quién eres tú? ¡Ah! Eres el que está en el rancho de Allyson.

—¿No sabéis que John y Nelson han confesado toda la verdad antes de morir? Me he adelantado a Dean, porque no quiero que tenga que matar a su propio padre y familia.

—¿Crees que podrás hacer lo que dices? —Dijo Tom, otro de los hermanastros.

—Lo podrán comprobar los testigos muy pronto. ¡Voy a destrozaros la cabeza!

—¡La cabeza! —Exclamó uno de los clientes—. ¡Es el agente especial! ¡Ya decía yo que le conocía! ¡Le vi cuando hizo la matanza de Montana!

—¿Qué dices? —gritaba Chester.

En ese momento, ambos hermanastros quisieron ir a las armas, aprovechando la gran confusión que se hizo el saber la identidad del forastero.

Pero Peter cumplió su palabra. Los dos cayeron sin vida.

—¡Dos cobardes menos! —comentó mirando a los muertos.

A grandes pasos se alejó del local y se dirigió al despacho del juez.

Este, al verle, se puso rígido.

—Vengo a verle para que me aconseje en un problema —dijo Peter.

El juez se tranquilizó y más sereno, dijo:

—Usted dirá…

—Verá… Hace tiempo que se cometió un crimen y los que sabían quién fue el asesino, idearon una trampa para acusar y colgar a un inocente.

El juez retrocedió, pálido.

—¡Vaya! Parece que conoce el problema.

—Yo creí que fue Dean…

—¿Es que no se ha enterado que los culpables

ya han sido colgados, después de que hicieron una declaración? Usted les ayudo, haciendo un juicio muy rápido y no dejando declarar a los testigos.

—No sabía nada —dijo aún más nervioso el juez.

—No quiero que Dean pueda regresar a prisión por matar a unos cobardes.

—¡Yo pensaba que era él!

Mientras hablaba, intentó disparar. Peter, lo hizo a su vez. Seguidamente, sin mirar el cadáver del juez, se marchó.

Como Albert, iba a ser colgado por el mayor Hartigan, ya estaban castigados todos los que habían actuado contra Dean Ascher.

Esa noche fue colgado el padre de Dean.

Peter ya se iba a marchar de la ciudad. Fue a ver al sheriff, que estaba reunido con el mayor y les dijo:

—Ya están castigados todos los culpables. Dean podrá vivir en paz.

Acto seguido, Peter salió, sin decir más palabras.

—Se me adelantó en todo —decía el sheriff al mayor—. Yo iba a detener también al juez, pero cuando llegué ya estaba muerto.

—No ha querido que ese muchacho, al volver, tuviera que hacer lo que ha hecho él.

—Hay que avisar a Dean para que vuelva a su rancho... Me he enterado que la mujer de su padre ha escapado al saber lo que pasaba.

—No sabe que Dean ha hecho allí lo que él ha hecho aquí... Ha castigado a todos los que quedaron pendientes de castigo con la marcha de este agente especial... Dean es tan peligroso como Peter... Ha matado a varios granujas y sin la menor ventaja... El tío y el primo de la joven, huyeron, pero sin poderse llevar el dinero que pensaban que seguía en su cuenta. Se va a casar con Liz... El rancho aquel quedará para los rurales y ellos vivirán aquí en Lubbock.

—Nos dijo Peter que parecía que estaba enamorado. No se engañó.

—Por eso ha tardado tanto en venir a su rancho.

Cuando, tres semanas después, llegó Dean a la ciudad, ya no tenía nada que hacer. Su rancho estaba libre y todo el dinero que estaba en el banco a nombre de su padre, pasó a su disposición. Era una fortuna.

Fue a visitar a Allyson, que le explicó todo lo ocurrido desde que llegara Peter a la ciudad.

—Después se marchó sin dejar rastro. No se despidió.

—Supongo que volveremos a verle. El mayor Hartigan sabrá dónde encontrarle. Yo quiero invitarle a mi boda.

—¿Entonces es cierto que estabas enamorado de la chica a la que ayudaste? Peter me dijo que él creía que si —dijo Allyson.

—¿Y los rumores que yo he oído acerca de ti y de Peter? —dijo el amigo riendo.

—No hagas caso. Él nunca se fijó en mí...

—Lo que quiere decir que a ti no te sucedió lo mismo.

—Empecé por estarle agradecida por lo que hizo conmigo. Me ayudó mucho en lo del transporte del ganado... Pero sobre todo, castigó al asesino de mi hermano y a todos los que te hicieron tanto daño.

—¿Nada más...?

La muchacha sonrió tristemente.

—Por mi parte, mucho más...

—Le invitaré a la boda. Y allí no quiero que lo dejes escapar...

Los dos se abrazaron.

No quisieron hablar más de los malos tiempos.

El rancho de Liz Carter, iba a quedar definitivamente para los rurales... Dean y Liz iban a vivir en Lubbock, en el rancho del joven una vez casados.

Liz vendió el rancho de su tía, donde había vivido tantos años.

Nunca más tuvo noticias de su familia.

El mayor Hartigan se puso en contacto con Peter

Hofman... Lo hizo para invitarle a la boda de Dean.

Su contestación fue que estaba con una misión que le habían encomendado y no sabía si podría llegar a tiempo.

Y así fue. Se celebró la boda de Dean y Liz, sin la presencia de su amigo.

Allyson asistió al banquete intentando disimular la gran tristeza que sentía.

Habían pasado quince días desde la boda de sus amigos. Allyson recibió una carta.

Después de leerla estaba radiante... Era de Peter. Le decía que se había dado de baja como agente especial y le pedía que se casase con él.

FIN

JUSTO CASTIGO
A SU COBARDÍA

MARCIAL LAFUENTE
ESTEFANÍA

**¡Visite LADYVALKYRIE.COM
para ver todas nuestras publicaciones!**

**¡Visite COLECCIONOESTE.COM
para ver todas nuestras novelas del Oeste!**